U0062903

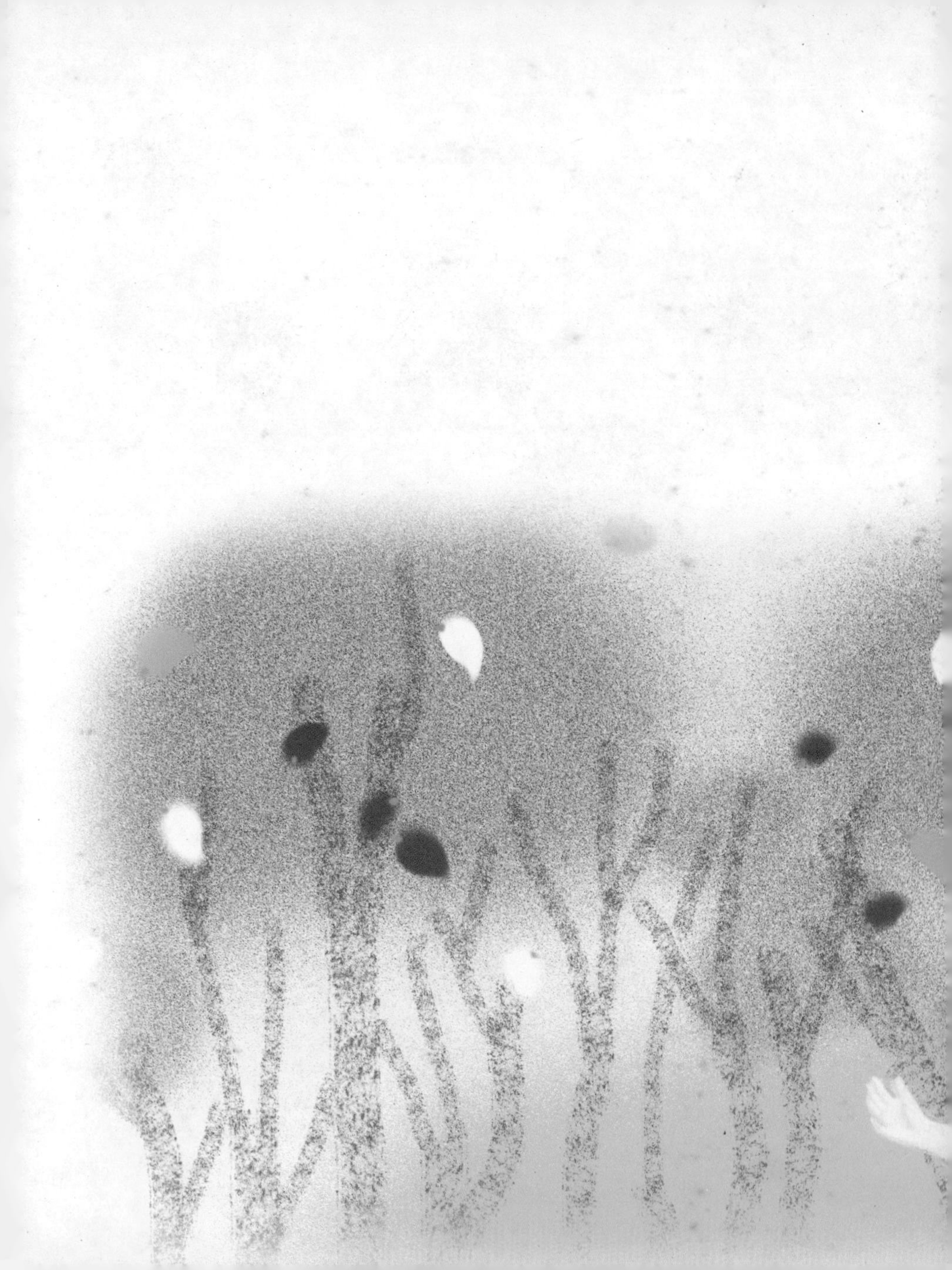

拾梦人

Dream Collector

黄影曌／著

上海人民出版社

目录

拾梦人
Dream Collector

色彩斑斓的童话

一

每一个孩子生下来就会做梦。

梦里，天空的颜色不只是蓝色的，有时候是水蜜桃色，有时候是西红柿色，有时候是我们用眼睛从来都没看到过的美丽的颜色。

那儿还有像刚出生的婴儿的头发一样柔软的草地，空气里混合着苹果、草莓、樱桃、菠萝的甜香。还有最最温柔的月光，月光的下面，露珠像萤火虫一样在草丛里飞舞。

每天，当月亮的光辉照到第三个窗格的时候，拾梦人就背着一个大大的口袋走进孩子们的梦里。他的工作是把孩子们的梦收拾整齐，拾起遗落在梦里的东西，带回家去。就像你见过的拾荒者一样。

没有人见过他的样子，因为那个时候，孩子们都在梦里玩得很累，已经睡着了。

二

“小孩子的梦太丰富了，每天一个大口袋都装不完。”拾梦人一边走一边抱怨。抱怨归抱怨，可如果你能看到他说这话时脸上的表情，就知道他工作得有多快乐。

拾掇完最后一个孩子的梦，今天晚上的工作就结束了。大口袋已经沉甸甸地装满了，压得拾梦人简直就直不起腰来。可还是有很多的露珠、笑声都装不下，只好先在梦里放着。

拾梦人每天的收获实在是让人羡慕呢！

单是月光，就有很多很多种，安静的、羞怯的、调皮的，每个孩子的月光可都不一样啊！

不同味道的空气就更多了，各种水果味的、花香味的，你一定没有闻过蜂蜜味的空气吧，一个小男孩梦里尽是甜甜的蜂蜜味！

还有露珠，这些露珠总是五颜六色的，草莓上的露珠是透明的粉红色，树叶上的露珠肯定是淡绿色，豌豆花上的露珠就是白水晶的颜色。

最难收拾的就是笑声了，它们结成一串一串的像小雪花一样，洒得满地都是，拿起来摇晃一下，会“叮叮当当”地发出孩子们的笑声。

有时候特别幸运捡到一条彩虹，会让拾梦人高兴一个星期。

用彩虹磨成的颜料画画，画出来的小鱼、小鸟都像活的一样。

拾梦人对大人们的梦是不屑一顾的，那儿就像黑白照片一样单调，而且简单得可怜，压根没什么可捡的。还到处爬满了长得像刺猬一样的烦恼，有一次拾梦人不小心走错了，被烦恼扎到，整整两天都一直陷在烦恼里，以后他就非常小心，决不再走错了。

把这些东西都背回家以后，拾梦人就要把它们都细细地分类。你见过中药铺里放药材的小抽屉吗？这些月光啊露珠啊，也要像药材那样一小格一小格地放好。然后在上面做上标记，比如：安静月光，治疗烦躁症；苹果味空气，治疗抑郁症；粉红色露珠，治疗压力过大。这些啊，都是用来治疗大人的毛病的。

出于对总是很深沉的大人的同情，拾梦人偶尔也把露珠什么的混在商场卖的饮料里。于是有时候就会看到这样的情景，一个总是板着脸的广告公司老板，喝了一瓶饮料之后，突然要放大家一天假，并且非要和大家一起玩老鹰捉小鸡。

三

今天晚上，拾梦人在一个孩子的梦里多耽搁了一会儿，时间有点晚了，他加紧了脚步，往最后一个梦里走去，累得呼哧

呼哧的。

一边走的时候，他还一边在回味刚才那个有趣的梦。这个梦比任何一个马戏团都要有趣得多！一匹蓝尾巴的马在表演单腿倒立，动作和一个真正的杂技演员一样优美；穿着裙子的鱼排成一排跳着乱糟糟的芭蕾舞，不停地有鱼摔倒，因为它们总是互相踩到尾巴；狮子、熊猫和大象叠罗汉，大象刚“吭哧吭哧”爬到最上面，“哗”，底下的狮子和熊猫就齐齐摔倒了。

“哈哈哈！”拾梦人想到这些情景就忍不住大笑起来。

东边的天空出现了淡淡的晨霭，隐隐约约的红晕笼罩了清晨的街道。拾梦人焦急地快跑起来，背上的大口袋也随着一阵晃动，发出“丁零哐啷”的响声。

“这个梦怎么这么远！”拾梦人气喘吁吁地嘟囔着。就在这当儿，梦的入口已经出现在面前了。

拾梦人用冲刺的速度跑进梦里，由于太快了，一下没收住脚，“叭叽”摔了个跟头。好黑啊！大口袋也不知道摔到哪里去了，拾梦人什么也看不见，只好在地上摸索着找口袋。

“还好还好，口袋没破。”拾梦人把口袋紧紧抱在怀里，庆幸地对自己说。

坐在地上，拾梦人环顾着四周，开始犯愁了。一点光亮都没有，没有太阳，没有月亮，也没有一颗哪怕最小的星星。这怎么能找到出去的路呢！

“喔喔喔！”公鸡打鸣的声音远远传来，这是在催促拾梦人赶快回家。拾梦人焦急地一起身，一松手，大口袋又滚落了，他只好又在地上摸索着找口袋。

趴在地上，柔软的小草不时触到脸颊，有细细的声音一浪一浪传进耳朵里。拾梦人把脸贴到地上，仔细听着，小草摇摆的声音就像波涛一样涌来。拾梦人忽然想到找到出口的方法了：越往梦的深处，小草摇摆的声音越大，而越往出口方向就越来越轻。

找到了大口袋，拾梦人把它扛在肩上，顺着小草声音的指引，向出口的地方摸索。

一边摸索，他一边自言自语：“这个孩子肯定是受了委屈！对，一定是老师批评他上课不专心，这些老师永远不了解，一只蚂蚁的生命比3加3等于几重要多了。”

说着说着，拾梦人突然有一点担忧起来，他停下来，从大口袋里摸出来三颗草莓，轻轻地放在了草地上。

四

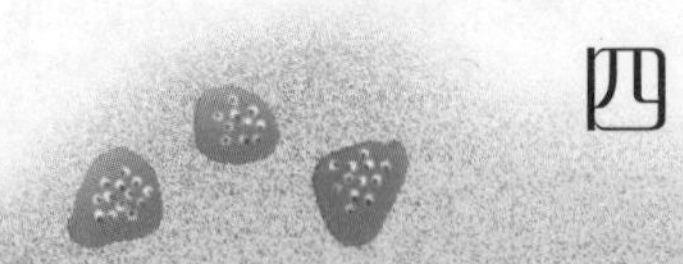

白天是大人的，夜晚是孩子的。又一个夜晚来临了。

月光透过窗户纸，把拾梦人的家染成了淡淡的金色。1、2、

3，拾梦人数了数，月光爬到第三个窗格了。背着大口袋，拾梦人走出了家门。

这天晚上，一个梦里，长出了一片迷人的海洋。金色的珊瑚像鲜花一样开满海底，大大小小不同种类的鱼儿都穿着雪白的制服，托着装满糕点的盘子在珊瑚丛间穿梭。

“鱼贯而行原来就是这样的啊！”拾梦人惊叹不已，又觉得自己说的话很有趣，忍不住笑起来。

待到他猛然想起还有最后一个梦没收拾的时候，东边的天空又已经染上了薄薄的晨霭。

“跑快一点跑快一点！”拾梦人一边催促自己一边跑得像火烧屁股一样。

到了梦的入口，拾梦人一点一点用脚试探着往里走。有了昨天摔跟头的经验，他今天走得格外小心。

梦还是那么漆黑，没有一点光亮。

拾梦人坐下来，用手托着腮帮，陷入了沉思。过了一小会，大颗大颗的眼泪顺着他的脸颊滚落下来。拾梦人想到，自己还从来没有看到过一个这么黑暗的梦。

受了委屈的孩子，梦里会湿漉漉的，或者下着小雨，更严重的会笼罩着淡淡的雾气，但是到第二天的晚上，一定会云开雾散的。

但这个梦却还是被黑暗笼罩着，一点微弱的光亮都没有出现。

拾梦人深深地吸了一口气，湿湿的，凉凉的，就是没有孩子的梦里很特别的香味。他又竖起耳朵仔细地听，除了小草摇摆的声音微弱地传来，再没有其他的声音了。小鸟的欢唱也好，小鹿的奔跑也好，一点也听不到。

“喔喔喔”，不长不短的三声公鸡打鸣，拾梦人马上就要回家了。他只好擦擦眼泪站起来，背上大口袋匆匆走了。

回到家，拾梦人还在难过着，连饭也吃不下。整个白天，他都在为那个孩子和他漆黑的梦担忧，完全不能专心工作。结果，粉红的露珠被放进了草莓味空气的抽屉，羞怯的月光被放进了笑声的抽屉，唉，简直就是一团糟。

“今天的白天真长啊！”到下午的时候，拾梦人就一直坐在窗前，忧心忡忡地等着太阳落下。

五

在窗前等啊等啊，月亮终于出来了，温柔的月光映上了第一个窗格，然后一点一点地挪动，终于慢慢挪到了第三个窗格上。其实还差那么一点，只在两个半窗格多一点的时候，拾梦人就跳了起来，飞快地背起大口袋跑出家门。

“嗯，这个梦还算整齐，今天不用收拾了。”

“哎呀，这么多露珠，今天拾不完了，明天再来吧。”

拾梦人头一次干活干得这么马虎，从倒数第二个梦里出来的时候，大口袋还是瘪瘪的，他比平时整整早了两个窗格来到最后一个梦。

梦仍是漆黑漆黑的，就像昨天、前天看到的一样。拾梦人呼哧呼哧地一路跑过来，一停下，就迫不及待地打开了大口袋。

怎么才能让这个孩子快乐起来？拾梦人想了一天的主意，都快把脑袋想破了。想的时候，只见他一会使劲摇着头说“不行不行”，一会又使劲跺着脚嚷道“不好不好”，最后连窗子都替他发愁了。快天黑的时候，拾梦人突然一拍脑袋蹦了起来，大声喊道“想到了想到了”，激动得连头撞到了天花板也不知道。

站在漆黑的草地上，拾梦人在口袋里掏啊掏啊，终于把东西给掏出来了。黑暗之中，只见一团五颜六色的光亮从拾梦人手上溢出来，扑闪扑闪的，眨眼间四散开去。

粉色的、淡绿的、白色的、鹅黄的，一颗一颗露珠，像萤火虫飞进了草丛。好美啊！

露珠的光亮，一点点照亮了草地，像刚出壳的小鸡一样柔嫩的小草，被飞舞的露珠惊吓得左躲右闪。

“这是一个害羞的孩子啊！”拾梦人快乐地微笑起来。

借着淡淡的露珠亮光，拾梦人想在梦里看看。他小心翼翼地走了两步，突然被一颗细细的青藤绊了一下。

“哎呀！”幸好没有摔跤，拾梦人小心地抬起脚，怕把青藤踩坏了，“咦，这是什么小苗呢？”

拾梦人蹲在地上，仔细地研究起这棵小青藤来。露珠柔柔的亮光照出它柔软弯曲的枝蔓，枝蔓的顶端，嫩嫩的小芽打了个呵欠，一副刚苏醒的模样。

“好像是草莓！”拾梦人忍不住伸出手，轻轻地触摸小嫩芽，小嫩芽立刻害羞地蜷缩起来，还躲到了枝蔓的后面，可爱的模样让拾梦人忍俊不禁。

“1棵，2棵，3棵，”露珠纷纷聚集到小青藤的周围，拾梦人又欣喜地发现了两棵小草莓树苗，这时他忽然想起来，“是我第一天放在这里的草莓啊！”

温暖的情绪从心里一直爬到眼睛里，拾梦人很想去拥抱这个像小鸟一样害羞的孩子。

六

“草莓需要阳光，嗯，还要更多的露珠……”拾梦人一边整理露珠，一边自言自语。他给自己下了一个重要的任务，一定要让草莓树结出最最甜的草莓。

不早不晚，月光准时照在第三个窗格上，拾梦人脚步轻盈地走出了家门。昨天干得太马虎，今天可要仔细拾掇了，拾梦人心里想，还要给草莓找到最合适的阳光呢！

太灿烂的阳光会把草莓晒坏。

太温柔的阳光酝酿不出草莓足够的甜味。

太调皮的阳光肯定总捣乱。

拾来拾去，拾梦人还是觉得不满意。可是因为今天格外花了一些时间拾掇其他那些梦，等到都收拾整齐的时候，月亮已经快闭上眼睛了。

“时间不早了，”他想，“那只好把各种阳光混合在一起用啦。”

踏进梦的入口，温润的风夹杂着树叶的清香拂过拾梦人的脸颊。“习习习”，细细的虫鸣声若有若无地传到拾梦人的耳朵，再一细听，“啾啾啾”，一只小鸟忽然放声歌唱，立刻，一群小鸟唧唧喳喳欢快地唱起了和声。

好热闹啊！拾梦人怕走进去惊扰了这些美妙的声音，于是静静站在梦的入口，伸长了脖子快乐地聆听着。

“唧唧喳。”

“喳唧唧。”

“好草莓。”

“快结果。”

听着听着，拾梦人心里越来越快乐，不知不觉地就听懂了小鸟的歌，还学着小鸟的声音唱起来。唱到草莓的时候，拾梦人忽然想起来，今天是要给草莓带阳光来的啊！

拾梦人蹑手蹑脚地走进梦里，小心翼翼地不惊动小鸟。走着走着，脚下又被小青藤绊了一下，拾梦人赶忙小心地跨了过去。

“草莓树昨天明明不是在这个位置的嘛？”

拾梦人不解地挠挠头。走了两步，拾梦人又被小青藤绊了一下，他只好小心地迈步，可是脚刚放下去，又被小青藤绊到了。

“怎么回事,难道草莓树苗都会搬家？”拾梦人一边嘟囔着，“还是赶紧把阳光拿出来吧。”

拾梦人可不敢再乱走了，他在原地打开大口袋，取出扎在一起的一束阳光，然后举起手，轻轻一抖，阳光就像放飞的燕群一样“哗”地散开了。瞬时，光亮充满了梦的每一个角落。

“扑啦啦”一阵响动，五颜六色的鸟儿惊慌地从茂盛的草丛中飞出，立刻消失不见了。

拾梦人低下头寻找草莓树，他吃了一惊，哪有草地和草丛啊，分明就是草莓地！碧绿的枝蔓连成一片深深浅浅的绿色海洋，青绿青绿的嫩叶子一直沿着山坡铺到天边，不，天上，天空像镜子一样透明，倒映着这片青翠的草莓地。

拾梦人闭上眼睛，张开双臂，心跳慢慢变得和微风的节奏一样，“我是一棵草莓树还是一株水草呢？”拾梦人冒出一个奇怪的想法。

七

胖胖的月亮一点一点瘦成了月牙，月光仍然像学校上课的铃声一样准时来到拾梦人窗前。

“好草莓，快结果。”

拾梦人低声哼着歌，沿着月光下的小路，轻快地走到孩子的梦里。最近，每个孩子梦里的小动物，都学会了唱“好草莓，快结果”。

背着大口袋，拾梦人哼着歌向最后一个梦走去。离梦的入口还远着呢，不知道哪来的清新的甜香就直扑到拾梦人鼻子里。拾梦人深深地吸了口气，就好像嘴里已经尝到了草莓甜甜的汁水，他情不自禁地咂咂嘴，咽了一下口水。

“难道草莓树都结果了？”这个念头在脑子里一闪现，拾梦人就迫不及待地朝梦里飞奔而去。

跨进梦里的那一刻，拾梦人简直忘记了呼吸。

天上，地下，目光所及的地方，到处是鹅黄、鲜红、紫色、白色的，像小灯笼一样闪闪发亮的草莓！在绿色的海洋中间，彩虹般五颜六色的草莓那么鲜艳、灿烂！

浓郁的草莓甜香熏得拾梦人脸颊红扑扑的，就像喝了酒似的。拾梦人摘下一颗金色的草莓，轻轻放进嘴里，一股阳光的味道慢慢流淌到全身，身体忽然变得像羽毛一样轻盈。

“如果有一阵微风，我就可以飞起来了！”拾梦人刚这样想到，一股细细的风就吹了过来，拾梦人慢悠悠地飘到了空中，随着风的节奏摇啊摇啊，就好像躺在妈妈的怀抱里。拾梦人微笑着睡着了。

突然，脖子上好像有什么东西在爬，痒痒的，拾梦人一边迷迷糊糊地嘟囔着，一边用手拂了拂脖子，抓到了一个毛茸茸的大虫子。

“哇，大虫子！”拾梦人吓得一骨碌坐了起来。他揉揉眼睛，这才看到他抓到的其实是一根狗尾巴草，而那根毛茸茸的狗尾巴草正被一个小小的男孩拿在手里。

多漂亮的小男孩啊！乌黑乌黑的眼珠，就像黑草莓掉进了眼窝里，软软的黑头发乖乖贴在脑门上，一笑就露出小米粒似的牙齿，和刚好能放下一粒小草莓的酒窝。这会儿，小男孩正蹲在他的身边，笑盈盈地看着他，那神情好像在嘲笑他刚才被吓到的事情。

“真丢人！”拾梦人脸都红了，为了掩饰尴尬，故意假装东张西望一下。这一看，才发现自己躺在一棵草莓树下，一眨眼的功夫所有的草莓树都长成了参天大树(注:草莓是多年生草本植物，现实中是无法长成参天大树的。这里是因为在童话里的梦境中，才夸张地出现了“草莓树”的形象。)

“你是拾梦人对不对？”小男孩歪着脑袋问道，软软的童音里带着草莓的甜味。

拾梦人的心开始怦怦直跳，他去过每一个孩子的梦，却没有跟一个孩子面对面地交谈过。

大人都是怎么跟小孩说话的？拾梦人使劲地想着，想了好一会。他清了清嗓子，学着大人的腔调说话，但是因为太紧张了，说得有一点结巴：

“嗯，我很喜欢，嗯，你的梦！但是，嗯，但是，你不应该，嗯，只做，嗯，黑色的梦！”

“我的眼睛看不见。”小男孩用很低很低的声音说了一句话。

“看不见？这么漂亮的眼睛啊！”拾梦人怔住了，他呆呆地看着小男孩黑草莓一样的眼睛，不自觉地抬起手去触摸。

小男孩用柔软的胳膊圈住拾梦人的脖子，快乐地扬起头说道：“谢谢你，拾梦人，我现在看见了，光，草莓，天空，还有小鸟！”

拾梦人抱着小男孩一下蹦了起来，欢呼着把他高高地抛向空中，小男孩一伸手，够到了几颗草莓，他“咯咯”的笑声，像

雪花一样撒落了一地。

他们在草莓林里捉迷藏，爬上草莓树摘草莓，吃着草莓把舌头染成五颜六色，还用草莓做成花冠，扮演小王子和仆人，快乐极了！

拾梦人再醒来的时候，发现自己仍然躺在草莓丛中，既没有变得像羽毛一样轻盈，草莓树也没有长得很高。

"那个小男孩真的来过了吗！还是我刚刚做了一个梦？或者小男孩跑到了我的梦里？"拾梦人有一点困惑。

"就当是我做过的一个梦吧！"拾梦人摇摇脑袋，"这是我做过的最美的一个梦啊！"

时间不早了，拾梦人伸着懒腰站了起来，背上大口袋，带着灿烂的笑容大步向家走去。在他身后的草莓丛中，散落着许多雪花一样的笑声，反射着灿烂的阳光，透明而晶亮。

开往风雪的火车
The Train Toward Snow

开往风雪的火车

色彩斑斓的童话

送给我喜欢的小米。

一

雪花，突然铺天盖地地从天空涌下来，城市一下子变成了信号不好的黑白电视机，看什么都隔着跳跃的点点雪花，模模糊糊的看不清。

“好大的雪啊！像满天的白玫瑰花瓣！”

小米欣喜地摊开手掌，雪花轻盈地落在她小小的掌心，一股温温热热的暖意慢慢地渗进她的皮肤。

“热的雪呢！”

温热的暖意唤起了小米心底熟悉的感觉，是爷爷的手的温度啊！

“爷爷！”

小米仰起头，看着漫天的雪花，想起了爷爷。

天色渐渐地暗了下来，看着越下越大的雪，等车的人都陆陆续续地走了。公车的站牌下，只剩下小米一个人孤单地站着。

小米往街的那头张望了一下，雪花里隐约透过来一束亮亮的灯光。

“咔嚓咔嚓咔嚓……”

远远的有火车的声音传来。

“怎么会有火车呢？”

小米诧异起来，竖起耳朵仔细地听着。

“咔嚓咔嚓咔嚓……”

没错，就是火车的声音，慢慢地越来越近。

小米顺着声音的方向望去，空中的雪花旋转成了一个漩涡，漩涡的中间，一列火车喷着白色的烟雾慢悠悠地开了过来，纯白的火车，白得像雪堆成的一样。

火车开得很慢很慢，比小米走路快不了多少，让人担心它随时都会走不动停下来。火车的窗玻璃上结满了霜花，透出车厢里橘黄色温暖的光，每个位子上都坐满了人，有老人，有孩子，有年轻人。

小米瞪大了眼睛，目不转睛地看着这列奇异的火车。

突然，一张熟悉的脸孔贴着玻璃，朝小米微笑了一下。

“爷爷！”

小米惊呆了！

二

如果问小米：“小米小米，谁是最疼你的人？”

小米一定会毫不犹豫地说：“爷爷！”

说出这句话的时候，小米的眼睛会笑成弯弯的，洋溢着快乐的光芒。

但是两个星期前爷爷在医院里去世了，在小米还从来没有想过爷爷会离开她的时候。

“爷爷！”

小米一边叫喊着，一边跟着火车跑动起来。

火车越来越快，爷爷的脸隐没在漫天的雪花里面。

“爷爷！”小米也不知不觉地跟着火车越跑越快，风声呼啸着在她耳旁掠过，“好想再跟爷爷说说话，就是再看爷爷一眼也好啊！”

小米在雪地里疯狂地奔跑着，火车就像知道了小米的心思一样，“咔嚓”一声停了下来，“唰”，一扇雪白雪白的门打开了。

“哗！”

像冰一般晶莹透明的梯子正好放落在小米的脚边，小米小心翼翼地踩上梯子，还没迈步，小米就已经站在了车厢里。

三

车厢里也是一个白色的世界，纯白的车顶挂着一盏盏白玫瑰花形的吊灯，纯白的座椅像雪花一般柔软。车厢里静悄悄的，有人在看书，有人托着腮在发呆，有人低着头自顾自地玩着游戏，就是没有人说话。

小米迫不及待地开始寻找爷爷。

顺着一排一排的座位往前找去，小米突然看见了一个略微有些佝偻的背影。

“是爷爷！”

小米兴奋地冲过去，可她又一下子失望起来。老人和爷爷长得有一点像，但肯定不是爷爷。

找着找着，小米忽然觉得迷糊起来，每个人的脸看起来都有些像爷爷，却又都不是爷爷。每一个人都面无表情地做着自己的事情，似乎根本没在意小米。

“爷爷！”小米有些害怕，使劲地呼喊起来。

“爷爷……”

就像在空旷的雪地里呼喊，声音传得很远很远，散得很开很开。

“爷爷！”

小米哭着叫喊起来，恐惧地往车厢的前方奔跑。

小米似乎回到了四岁的记忆里，也是这样的一个雪天，在雪地里走着走着，爷爷突然不见了。小米看着前面一个像是爷爷的模模糊糊的背影，一边使劲地喊着，一边拼命地追，爷爷却好像什么也听不见。小米一个踉跄摔倒在雪地里，看着爷爷越走越远的背影，小米忽然恐惧地想到，再也看不见爷爷了，她趴在雪地里放声大哭起来。

车厢很长很长，小米怎么跑也跑不到头。

小米累得再也跑不动了，她看到在她不远处的有着雪花图案的座椅上，正好有一个空位子。

小米疲倦地坐下来，眼皮沉沉的只往下耷拉，听着火车“咔嚓咔嚓”的声音清晰地在空中回荡，小米进入了梦乡。

四

"小米！小米！"

一个熟悉的声音轻轻地传进小米的耳朵。

"是爷爷呢！这是在做梦吧！"

小米努力地想睁开眼睛，眼皮却沉沉的，就像挂着几千斤的大石头，怎么也抬不起来。

一双温温热热的大手轻轻地抚摸着小米的头发，是爷爷的手，没错！小米使劲挣扎着想醒过来，可是浑身软绵绵的，一点力气也没有。

"小米，这是开往风雪的火车，不是你该来的地方啊，回家去吧，一定要回家！"

爷爷的话语里充满了焦灼，小米却像是在梦里最深的沼泽地里迷了路，看不到一点光亮。爷爷说话的声音越来越轻，慢慢地消失了。

"爷爷别走！"

当小米猛然睁开眼睛，车厢里仍然静悄悄的，只是纯白的世界里洒满了金色的阳光。

小米怔怔地想着爷爷，一时之间不知道是自己做了一个梦，还是爷爷真的就在这里。

"开往风雪的火车？"

小米一边疑惑地想着，一边转过头朝车外眺望。

“好美啊！”

小米惊叹起来。

火车正穿行在望不到边的向日葵田里。向日葵的花盘紧贴着车窗，发出金色的耀眼光芒，小米凑近了一看，每一个花瓣都是一束金色的阳光。

“是阳光的向日葵！好想摘一朵啊！”

小米紧紧地把小脸贴在车窗上，带着渴望眼神的眼睛一眨不眨地看着窗外。突然，车窗的玻璃好像被阳光融化了似的，消失不见了。

小米小心翼翼地把手伸向窗外的向日葵，金色的阳光穿过皮肤，小米的手竟然慢慢变得透明起来，从金色变成了淡金色，直至完全透明。

小米看着自己的手掌，害怕起来。

忽然，向日葵的歌声像阳光一样包围了小米：

下车吧，下车吧，

在太阳的车站。

做阳光的向日葵，

再也没有忧伤！

听着向日葵的歌声，小米心里的快乐一点一点洋溢起来。

“是啊，做阳光的向日葵也不错啊！”

小米仰着脸庞，觉得自己已经站在了金色向日葵花田的中央，浑身发着金色的光芒。她不由自主地轻盈起来，似乎要跃出车窗。

“不能去，小米！这不是你的站，你一定要回家去啊！”

一个细细的声音穿透向日葵的歌声，钻进了小米的耳朵。

“啊！”

小米陡然清醒过来，向日葵的歌声戛然而止。

“是爷爷啊！爷爷就在这里！”

小米一阵激动，从座位里跃了出来，眼光仔仔细细地扫过一个又一个座位。

车厢里，有人微笑着站起来，转过身静静面对着窗户。在他们的身旁，一道灿烂的阳光之门大开着。向日葵的光芒包裹住他们的身体，他们惬意地张开臂膀，身体慢慢变成泛着金色的透明，然后，变成了一道金色的阳光，从车厢里消失了。

“爷爷，你不能变成向日葵！”小米望望窗外静静站着的向日葵，害怕地哭起来。

“小米，别怕，爷爷在这儿呢！”爷爷的声音又在小米的耳边响起，可小米还是不知道爷爷在哪里。

“每个人都有该去的地方，他们到站了！”爷爷的语调平静而舒缓，小米的眼睛里噙着泪珠，似懂非懂地点了点头。

五

向日葵的花田大得就像没有边际的星空,“咔嚓咔嚓咔嚓”,火车走了很久很久,仍然还在花田里穿行。

听着火车开动的有节奏的声音,小米困了,她蜷在柔软的座椅里,慢慢坠入了沉沉的睡梦中。

“好香啊!”

空气中突然充满了甜甜的桂花香味,直扑进小米的鼻子,小米悠悠地醒了过来。她闭着眼睛深深地吸了一口气,觉得那甜香中格外有一种遥远的清新。

“啊,是月亮的味道吧!”

一想到这,小米猛然睁开眼睛,当她看向窗外时,发出了惊异的声音。

窗外,是银色桂花树的森林!火车正在桂花树下慢悠悠地行驶。

每一棵桂花树都像银子打造的一般,闪耀着灼灼的银光。不时地,有银闪闪的花瓣轻轻地从车窗前落下。

每一片花瓣,都是一束月光。

“要是能带一片月光的花瓣回家该多好啊!”

车窗的玻璃悄然消失了。小米不知不觉就把手臂伸出了车窗,一片月光的花瓣悠悠地落在小米洁白的手心里,银色的月光立刻像染料一般把小米的手染得银光闪闪，而且手指看上去竟有些像桂树枝一样弯曲起来。

小米打了一个哆嗦，正想抽回手臂，桂树柔媚的歌声从小米的耳朵一直传到小米柔软的心里：

下车吧，下车吧，
在月亮的车站，
做一棵月光的桂树，
从此忘掉忧伤！

“是啊，做一棵月光的桂树真不错啊！”

小米闭上眼睛，展开臂膀，好像真的变成了一棵桂树，正绽放出银色的月亮般的光芒。掌心上的银色月光迅速地在小米的身体上蔓延开来。

“不能变成桂树，小米！这是别人的站，你要回家去，记住啊！”

爷爷轻细的声音穿透桂树柔媚的歌声，敲打着小米的耳膜，小米回过神来，飞快地把手缩回了车窗。

窗外桂树的歌声再也听不见了，却有轻柔的声音唱着同样的歌，从小米的身后传来。小米惊异地转过身去张望，月光下，许多银色的门敞开了。车厢里，有人唱起了桂树的歌，站了起来，银色的桂树在他们脸上反射着祥和而又平静的光芒，他们张开手臂，慢慢消融在银色的月光里。

“再见！”小米望着窗外的桂树，轻轻地挥挥手。

“爷爷，他们到站了是吗？”小米轻声问道。

“是啊，他们到站了。”尽管声音很细很细，但是能听到爷爷的声音，小米就觉得安心了很多。

车窗的玻璃反射着桂树银闪闪的月光，一片又一片月光的花瓣悠然从车窗前飘落。

六

桂树的森林太大了，像广阔无边的海洋。火车开了很久很久，仍然还在银色桂树的森林里。

“咔嚓咔嚓咔嚓”，火车不紧不慢地行驶着，“咔嚓咔嚓咔嚓”，声音里充满了沉沉的睡意，听着听着，小米又静静地睡着了。

忽然，有很多很多嘈杂的声音响了起来，好像很近，又好像很远，笑闹、唱歌、跳舞和火星子“噼里啪啦”跳跃的声音，就像漫天飞舞的萤火虫，小米在睡梦中又蹦又跳却怎么也抓不到。

不知道多久过去了，当小米使劲晃了晃沉重的脑袋，迷迷糊糊睁开眼睛时，火车已经驶到了一片辽阔的原野上。

幽暗的原野，却如集市一般热闹。熊熊的篝火一堆一堆的，在四处燃起。小米眯起眼睛，仔细一看，篝火分明又成了跳跃的星光。

每堆篝火前，都围满了跳舞的小人儿，他们穿着五颜六色灼灼闪光的衣裳，挥动着一双透明的小翅膀，不停地旋转、舞蹈、放声歌唱！

车窗又消失了。小米好奇地探出身子去张望，远远地，一个小男孩挥动着翅膀飞了过来。他停在空中，微笑着露出两个可爱的酒窝。他的眼睛里，闪烁着深邃的蓝色光芒。他歪着头看看小米，轻轻地伸出了闪烁着蓝色星光的手指。

"多可爱的小男孩啊！"

小米欢喜地站了起来，慢慢地把手伸出窗户，触到小男孩手指的一刹那，小米听清了星星们的歌唱：

下车吧，下车吧，

在星光的车站，

做一枚跳舞的流星，

忘掉所有的忧伤。

"做一枚跳舞的流星，真好啊！"

小米微笑地望着小男孩，肩膀上，慢慢地也长出来两个透明的发光的小翅膀。

"不能做跳舞的流星啊，小米！你还没有到站！"

细细的声音，又穿过星星的歌声，冲进小米的耳朵。小米不舍地对着小男孩摇了摇头，肩头小翅膀的光芒慢慢黯淡了下去。小男孩望了望小米，垂下了闪烁着蓝色光芒的眼睛。

“嘻嘻嘻……”

“嘀嘀嘀……”

“哈哈哈……”

忽然，无数个拍打着透明小翅膀的孩子，从火车打开的车窗里，欢快地飞了出去。他们手拉着手在空中飞舞，笑得弯弯的眼睛不停闪烁着光芒。

又一堆新的篝火燃烧起来，一个留着齐齐刘海的小女孩，扑闪着大眼睛，调皮地扯了扯蓝眼睛小男孩的小翅膀，小男孩一转头，雀跃地蹦了起来，他拉起小女孩的手，快乐地往温暖的篝火飞去。

小米有些失落地看着跳舞的人群，轻声地说：“他们到站了！”

“是啊，小米！”爷爷的声音里带着安慰。

车窗的玻璃悄然蒙上了一层白雾，小米转头看看窗外，跳舞人儿的身影越来越小，最后变成了遥远星空里的一点点黯淡的星光。

七

穿越了星星的原野，火车艰难地翻过一个又一个山坡，天气变得越来越冷，车窗上凝上了晶莹的霜花。

小米用手指刮下霜花，向车窗外望去。

“啊！白玫瑰花！”

漫山遍野的白玫瑰！风一吹，雪白的花瓣就漫天飞舞起来。

“真想在花丛里打个滚儿，睡一觉啊！”小米的脸蛋紧紧贴在车窗上，小鼻子压得扁扁的。她目不转睛地看着窗外，自言自语起来。

火车继续向前驶着，车外的白玫瑰花已经长到齐车窗那么高了，隔着窗户，小米也能清楚地看到，每一片玫瑰花瓣都是一片晶莹的雪花。

“多好看啊，摘一片吧，就摘一片！”

小米的心里轻轻地响起一个诱惑的声音。

玫瑰的歌声从不远处低低地传来：

下车吧，下车吧，

在风雪的车站，

做一株雪花的玫瑰，

丢弃所有的忧伤。

歌声越来越清晰，越来越响亮，穿过车窗紧紧地包裹住小米。小米听着听着，忽然疑惑起来，歌声好像在耳边响着，又好像在心里响起来似的。

“我是一株雪花的玫瑰吧！”

小米的心里忽然冒出这样一个念头。

“小米，”是爷爷，爷爷温和的声音传到耳朵里，就好像在耳边说话似的，“你一定要回家去！”

小米猛然扭过头。车厢远远的那一头，一个熟悉的身影静静地站着，正静静地望着小米。

“爷爷！”

小米欢快地呼喊着，往爷爷的方向跑去。

就在这时，车门“唰”的一声打开

了，白玫瑰花瓣飘进了车厢，所有的人都站了起来，微笑着走向车门。

人群把小米挡得严严实实的，小米焦急地踮着脚张望着。

白色的玫瑰花瓣落在微笑的人们身上，他们也变得像花瓣一样晶莹透亮，然后竟轻盈地飞了起来，消失在满山遍野的雪花玫瑰里。

车厢变得空荡荡的，一股凛冽的风卷起无数的白玫瑰的花瓣，“呼呼”地涌了进来，劈头盖脸地朝小米吹了过来。

“爷爷！”

小米大声地叫着，可声音却立刻淹没在满车厢的白玫瑰花瓣里。

“小米！”

爷爷焦急的声音从风雪里清晰地传出来。

小米努力地抬起头，迎着风雪使劲张望着。爷爷顶着风，正一步一步朝她艰难地走来。小米想朝爷爷走去，可又有一阵风呼叫着涌进车门，小米像一片雪花似的飞了起来。

爷爷焦急地看着小米，一转身用力朝车门扑了过去，使劲顶住不断涌进来的风，“哗”一声，用尽全力关上了车门。

风瞬间停住了，小米结结实实地摔到了车厢的地板上。

“小米！”爷爷抱住小米，“摔疼了吗？”

“爷爷，你跟我回家吧！”小米抱着爷爷哭了起来。

“不行啊，小米，爷爷已经到站了，”爷爷像从前一样疼爱地看着小米，“可你必须回家啊！你还有很多很多的日子没过完呢，等有一天，你经历完了这些日子，记住了很多美好的事情，才应该坐上这辆车，那时候，才有你的站呢！”

小米抬头看着爷爷，轻轻点了点头，眼泪在她的睫毛上、脸颊上结成了霜花。

白玫瑰树越来越高，盖住了车窗，渐渐没过了车顶，爷爷微笑地看着小米，突然松开手，站起来一步跨过了窗户。

“爷爷！”

小米扑向窗口，却重重地撞在了窗玻璃上。就在爷爷跨出窗口的一瞬间，窗户就像从来没有消失似的出现在那。

小米飞快地站起来寻找车门，可车门怎么也找不到了。

“爷爷!”

空旷的车厢里只剩下了小米一个人。

“小米，再见！”

爷爷的声音从天空中飘扬的雪花里隐隐传来。小米紧紧地趴在窗玻璃上，看见爷爷的身影，从万米的高空远远地慢慢地

往下坠落，然后在半空中散开，成了纷纷扬扬的雪花，漫天飘落。

“爷爷！”

小米放声大哭起来。

“小姑娘，怎么了？”

有人轻轻拍拍小米的肩膀，小米抬起满是泪痕的脸，一个陌生的叔叔，正一脸关切地望着小米。

小米扭头张望，身边是公车的站牌。天色比刚才暗了一点点，没有火车，自己也压根没有在车厢里。

小米揉揉眼睛，仰起头，看看漫天飞舞的雪花，摊开手掌，一片白玫瑰花瓣一样的雪花落在了小米小小的手掌心上，温温热热的，带着爷爷手掌的温度。

飞不起来的流星
The Falling Star

色彩斑斓的童话

一

4点半，幼儿园该放学了。我把娃娃车开到校门口，等着那群叽叽喳喳的小朋友。我从后视镜里，看到墙边站着一个小男孩。他穿着一件金色的小披风，扮作小王子的模样，头发软软地贴在头上。

“大概是幼儿园在排演小王子吧！”

我看着他笑了起来。

幼儿园总是组织小朋友排演各种各样的节目，经常有扮成兔子、狗熊、大灰狼的小朋友在校园里蹦来跳去的。看到那些个可爱的小模样，让人打心眼里感觉到美好，只能满心欢喜地微笑起来。

教室的门打开了，小鸭子一般活泼的小朋友们，排着队叽叽喳喳地走上娃娃车，一个一个坐下来以后，又忙不迭地挤到窗口跟老师道别，好像这个周末

跟两个月的假期一样长。

再见的仪式总是要举行很久的，“张老师再见”“刘婷婷再见”“张老师再见”“胡小珊再见”“李老师再见”“刘婷婷再见”“李老师再见”“胡小珊再见”，每一个小朋友都要分别和每一个老师道过别，这个过程才算结束。公平对小朋友来说是很重要的事，假如有一个小朋友感觉到了不公平，并且把它记在心里，那他很快就会变成一个满腹牢骚的大人。

“大家都坐好了吗？”

我把声音压得低低的，装作很恐怖的样子，小朋友立即嘻嘻哈哈地笑得东倒西歪了。他们有最简单的快乐，所以谁也没有他们快乐。

“走喽！”我怪叫了一声，转动方向盘，却一眼看到后视镜里，那个扮作小王子模样的小男孩，仍然安静地站在墙角。

一个闹别扭的小朋友，真是伤脑筋啊！我挠挠头，只好把车停了下来，打开车门朝小男孩走去。

“小朋友，不上车可就

不能回家了哦！”

我做了个鬼脸逗他。

“上‘车’，就可以回家了吗？”

小男孩怯怯地看了我一眼，乌黑的头发被金色的小披风衬着，似乎也发出了暗金色的光芒。我摸摸他的小脑袋，笑了起来。原来是个新来的小朋友。

娃娃车的车窗里，挤满了毛茸茸的小脑袋，像一群刚出壳的小鸡，瞪着圆溜溜的好奇的眼睛。

“快上车！”

“快来快来！”

他们一齐叽叽喳喳地招呼着小男孩，小男孩抬头看看我，笑起来，露出米粒似的小牙。

二

就像你看到的，我是一个幼儿园的娃娃车司机。每天早上和傍晚，我都按照幼儿园给我定的路线开车走一遍，在每一个做了黑色圆点标记的地方停下车。

早上的时候，总是远远地就能看见一个个欢蹦乱跳的小人儿，车还没到跟前，一准冲我亲热地大声喊着：“帽子叔叔！”

(因为我喜欢戴帽子。)

傍晚的时候，这些小人儿欢蹦乱跳地下车后，一准转过身来依依不舍地说："帽子叔叔再见！"

这样就让我觉得很快乐，但是却让很多人有些失望，他们觉得我对于生活总是太容易满足。也许我就是一个没有什么大志向的人吧。每次过生日吹蜡烛，大家围着我，用很期盼的神情看我许愿的时候，我都很为难，总要想很久。好像我真的没有什么愿望，除了有时候想要吃一块栗子蛋糕。

我很喜欢吃栗子蛋糕，吃完它，就会觉得，这样就很好，真的没有什么其他愿望了。但是我也只是偶尔吃它，我害怕每天吃，每天吃就不会觉得这是一件很幸福的事了。

不过有时候我也会有一丁点儿羡慕那些有很多伟大愿望的人。我猜测，有愿望是一件很快乐的事情吧，要不然为什么大家看见别人许愿会很开心，有了机会就一定要许一许愿呢。

呵呵，好像扯得远了啊，上面刚刚讲到我在开车，开车可不允许走神。

其实每天傍晚看着小朋友一个一个下车，心里总会有一点点失落，因为有时候，我怕他们一个晚上就长大了。

我把车停在最后一个有黑色圆点标记的路边，两个小女孩手拉着手跳下车，扑进妈妈怀里。看着她们天真烂漫的模样，我又嘲笑起自己的多虑来，或许长大，也不是这么容易的事情吧！

路边有一个蛋糕店，今天我要吃一块栗子蛋糕。我打开车门，正要跳下车去，一个怯怯的声音从座位的最后一排传来。

“帽子叔叔！”

我惊异地回头一看，空荡荡的车厢里，孤单单地坐着那个小王子打扮的小男孩。

三

我拍了拍脑袋，很责怪自己的疏忽，这个新来的小男孩八成是不知道该在哪儿下车了。

“小朋友……”

我一面歉疚地说着话，一面抬脚跨过座位，突然一道流星般的金色光芒划过，小男孩已经到我面前了。他稳稳地停在空中，金色的小披风好像被风托起来，一起一伏的。

我目瞪口呆地站在那儿，老半天也回不过神来。

“原来这个车不能带我回家啊？”

小男孩很失望地看着我，

用好像抹了荧光粉般发出淡淡光芒的手指，轻轻擦了擦眼睛。

“小朋友，你……你家住在哪儿？”我一边盯着他的小手，简直忍不住想要伸手去蹭蹭，看有没有荧光粉掉下来，一边磕磕巴巴地挤出来一句话。

“那里！”小男孩指着东边的天空甜甜地笑起来，接着又露出一些伤心的神色，“我不小心掉下来了。”

多奇妙的事情啊！我不知道该怎么去描述我的感觉，一生之中从没有遇到那么奇妙而又神秘的事情，既震撼又惊喜，还有些说不出来的激动。

“我是遇见了彼得潘、小王子还是天使呢？”我自言自语地问。

“我想偷偷地玩一会滑梯，没告诉妈妈就溜出来了。我也不知道会遇上一个那么大的愿望，比大象还大。”小男孩根本没理会我的反应，他一边说一边把胳膊伸得长长的，比划着比大象还大的样子。

当稍微平静了一些的时候，我开始认真地琢磨小男孩的话，想要推测出他的来历，但他的话却跟我听过的任何一个童话都联系不上。可以想见我当时是多么茫然，又有多么好奇。

对于一无所知的东西，我总是不知道该从哪里开始了解。如果我直接问，“小朋友，你是谁”，很可能会把他弄糊涂。别人这样问我的时候，我就会呆住，不知道是应该说出我的名字，还是职业，还是籍贯，还是我的爱好，我们总是会遇到很多这样问题也不确定、答案也不确定的问题。

“你在哪里玩的滑梯呢？”我斟酌了很久，终于找到了个一定有确切答案的问题。

“你看，就在那儿！”

小男孩仰着头，大眼睛眨巴眨巴地望着天空，神情就和一个小朋友望着他的小脚踏车没什么两样。没有脚踏车的人看见别人有脚踏车就会很嫉妒。我现在也有些嫉妒，因为我什么都看不到。但是我相信那里真的有一个滑梯，隐约曾经见过，或者是听见过一个小朋友惊异地大叫：“看啊，天上挂着一个滑梯。”

至于我看不到，其实也很正常，人慢慢长大了以后，总会有越来越多的东西看不到的。

现在我所有知道的事情包括他来自天上，会飞，常常坐着滑梯划过天空，然后被一个巨大的愿望砸得掉了下来，所以我猜测，他很可能就是一颗小流星吧。

因为他又很烦躁地补充了一句：“人们一看到我就许愿。”

四

后来我逢人便讲这个故事，很想让大家不要再对着流星许愿，那些小星星被愿望砸下来会摔碎的。大家都不怎么相信，用怀疑的眼光看着我。他们说一个成年人相信这样的故事是件非常可笑的事情，还说那是因为你自己想不出来许什么愿吧。

“是什么愿望这么大呢？”

有些略微相信的人就这样问我，但是我还真不知道。小男孩谈起那些愿望时是很惧怕的，从他的话里推测，被这么巨大的愿望砸到真是一个很可怕的经历。他在看到一棵树的时候，突然拍拍胸口很惊恐地说：“幸好我掉在树上，要不然可就摔碎了。”

“愿望把他们砸掉下来，就实现了吗？”

还有人听完故事，眼睛就一闪一闪冒出光来，好像他们左眼一个右眼一个巨大的愿望马上就要夺眶而出的样子。对他们来说，一个会飞的小星星掉下来根本是件无足轻重的事。看着他们，我就很生气了，恨不得那些愿望全砸在他们头上。

就这样，我第一次知道，原来愿望是那样沉重的东西。我也第一次为自己从来没有许过什么巨大的愿望而庆幸。

看着天空的当儿，一个念头突然从脑海中掠过，

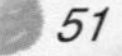

我脱口而出："你可以再飞回去啊！"

一听这话，小男孩伤心起来，泪珠在眼眶里转悠。他瘪着小嘴说："我想回家，可是我现在有一个愿望了，我飞不高了。"

五

天很快黑了下来，一颗流星拖着金色的光芒划过天空。

"他们在玩滑梯呢！"

小男孩仰着头满脸羡慕地说。

我很能体会这种心情，当一个人想要回家的时候，就没有任何事能比这个更重要了。我摸摸他的脑袋，决定先把他带回我家，总算，那也是一个家。

小男孩看来是累坏了，一躺在床上就睡得沉沉的。我关上灯，看着他露在被子外面的小胳膊发出一圈淡淡的金色光晕，又生出些不真实的感觉。

想想看，房子里头住着一颗小

星星是多奇妙的事情啊！我一边在脑袋里思忖着怎么帮他飞回家，一边不停地转过头去看看小男孩，总觉得好像一眨眼，他就会不见了。

“帽子叔叔，帽子叔叔！”

我迷迷糊糊地睁开眼睛的时候，小男孩正趴在床边摇晃着我的手臂。不知道什么时候我也睡着了，但是在睡熟以前，我确实想到了一个好办法。

我从床上跳起来，一把把小男孩抛到空中，兴奋地说：“我们坐着摩天轮去，你就可以回家了！”

“它很高吗？”

小男孩停在空中，不太相信似的问道。

“那当然！”

我得意地回答。

六

“它真的很高！”

当摩天轮的大手臂把我们一点一点地举到空中的时候，小男孩兴奋得跳了起来，金色的小披风像个鼓起的口袋张开着。

“帽子叔叔再见！”

还没到最高的地方，小男孩已经迫不及待地跟我挥手道别。他探出脑袋，窗外的云朵好像触手可及。小男孩欢呼了一声，向窗口跃去。

我又紧张又失落地看着小男孩的身影化做一道金色的光芒，忽然巨大而又嘈杂的声音遍地响了起来。

“看哪，流星！”

“在哪里？”

刚跃出窗口的小男孩“咕咚”一声，又滚了回来，小脸煞白地望着窗外。透过窗户望去，我也吓了一大跳，空中隐隐约约地挤着数不清的愿望，大的像犀牛和大象一样，正稀里哗啦地往下掉。

我们沮丧地走出摩天轮，小男孩紧紧拉着我的手，惊恐地看着公园里的人，他们正仰着头在寻找流星。

七

看着垂头丧气的小男孩，我心里又内疚又沮丧，心里一直盘算该想个什么法儿哄他开心。

走过公园的草地，看到很多人在放风筝，我心里一动，高兴起来。

“我们去放风筝吧！”

我指着那些飞得很高很高的风筝对小男孩说。

小男孩把眼睛瞪得圆圆的，看了半天，忽然兴奋地欢蹦乱跳起来。

“帽子叔叔，我也许可以坐着风筝回家呢！”

“这……”

我张口结舌地看着那些轻巧的风筝，要用风筝把一个人放上天去，这也太不可思议了！我为难地看看小男孩，再看看风筝，别人看到我把一个小孩子放在风筝上，一定会把我当成疯子的，说不定还会找警察把我抓起来。

“帽子叔叔，我们试试吧！别担心啊，我会飞嘛。”

小男孩拉着我的手不住地恳求，一脸迫不及待的表情了。

“好吧……”

我只好勉强答应了。

虽然挑了个最大最大的风筝，但是看着风筝细细的骨架，我还是有些担心。

“太疯狂了！”

我一边把风筝绑在小男孩背上，一边不住地嘀咕。为了不被人发现，我们好不容易才在公园找了一处僻静的地方。

“帽子叔叔，如果我飞起来了，你就把线剪断！”

“嗯！”

"再见！"

小男孩对我笑着，露出米粒似的小牙。

我点点头，就转身拉着线跑了起来，不能让他看见我有些红红的眼眶。风筝慢慢地飞起来，稳稳地越飞越高，飞进云端里，隐约只能看见一个金色的小光亮了。我戚戚地拿起剪刀，准备剪掉风筝的线。

可忽然，一道金色的光芒直冲地上掉落下来。我慌忙扔掉剪刀，伸出双手扑过去接，"扑通"，落在我怀里的正是小男孩。

小男孩惊魂未定地看着我，结结巴巴地说："风筝，它……它许了一个愿！"

八

风筝哭丧着脸，它掉下来的时候已经把翅膀弄坏了，我愤愤地看了它一眼，把它扔进了垃圾桶。

小男孩委屈地垂着头，散发出淡金色光芒的眼泪流过面颊，跌落进草丛里。我抱着小男孩，摸摸他软软的头发，不知道该怎么安慰他。

"我们去吃栗子蛋糕吧！"

我突然想起栗子蛋糕来，因为我每次吃完栗子蛋糕，总有一种淡淡的喜悦的心情，我想小男孩一定也会喜欢的吧。不管怎么样，吃栗子蛋糕总是一件安全的事情。

为了引起小男孩的兴趣，我努力用学过的形容词来描绘栗子蛋糕的味道。

“可好吃了，嗯，软软的，有一种很清新的果香，有一点点甜，还有一点点酸……”

说着说着，我忽然觉得很羞愧，这明明是在骗人，其实栗子蛋糕的味道就是淡淡的。只是慢慢地嚼着，总会有一些不同的感受罢了。

蛋糕店的玻璃柜台里，摆满了各种各样的蛋糕。浅褐色的栗子蛋糕看起来非常普通，在它的旁边是镶着樱桃的奶酪蛋糕，还有铺着厚厚的奶油的水果蛋糕。

小男孩盯着栗子蛋糕看了很久，突然扬起头露出灿烂的笑脸对我说：“它一定很好吃！它说它没有什么愿望！”

“老板，要两块栗子蛋糕！”

我微笑起来，吃了这么久的栗子蛋糕，才知道原来它美妙的奥秘就在这里。

小男孩捧着蛋糕，一小口一小口地吃着，不时露出米粒似的小牙冲着我笑。装蛋糕的盘子慢慢空了，小男孩抬起沾满了蛋糕屑的小脸，兴奋地跳起来：“帽子叔叔，我没有什么愿望了！我可以飞回家了！”

“太好了！”

我故作兴奋地叫起来，笑着擦掉他脸上的蛋糕屑。

我今天的栗子蛋糕里似乎有一点酸酸的味道。

说着话，金色的小披风飘起来，小男孩已经迫不及待地要演示他的飞翔能力了。他“唰”一声蹿出蛋糕店的窗户。我追着光芒冲出了门，他已经来回在空中兜了好几个圈了。

“哈哈哈！”

他大声地笑着，在空中连翻了几个漂亮的跟头。

一个年轻的女孩从街边走过，当她无意地看向天空时，发出了一声尖叫，随即闭上眼睛就要许愿。

“不好，快走啊！”

我一边冲着天空大叫着，一边慌忙在路边拿起一个扫帚，在女孩的脑袋上拍了一下。年轻的女孩又尖叫一声，睁开眼摸着脑袋愤怒地看着我，就在这当儿，一道金色的光芒划过天空，渐渐消逝了。

远远的空中传来也许只有我听得见的声音：“帽子叔叔，再见！”

我装作很无辜地看着那个年轻的女孩，舒了一口气。

影子收容所

My Shadow

色彩斑斓的童话

一

拐过街角，再穿过两个弯弯曲曲的小路，就走到了大街的背后。破落的巷子里，除了歪歪斜斜的窗户和狰狞的阴影，寂无一人。

房顶上，蹲着一只比最黑的夜还要漆黑的猫。蓝绿色的眼睛怀着敌意环顾四周，闪烁出锋利的光芒。听见脚步声突然“噌”的一声窜过屋顶，“噼里啪啦”踩落几片摇摇欲坠的瓦片。

巷子口，站着一个很小的小男孩。

他张望一下巷子的深处，再看看越来越暗的天色和黑乎乎的屋顶，脸上满是犹豫和恐惧的神色。

突然，小男孩一咬牙，闭上眼睛飞快的往前跑去。跑着跑着，脚下忽然被什么东西一绊，“叭唧”，小男孩一个跟头摔在地上，睁开眼睛往左一看，一个黑洞洞的大门在那里敞开着。

一张又高又大的桌子，挡住了大半个门，门里边黑漆漆的，什么也看不清。

“咚咚咚。”

“咚咚咚。”

小男孩轻轻地敲起了桌子。

桌子背后，一个睡眼惺忪的老爷爷使劲探出身子，生气的面容躲在纠结在一起的头发胡子里。当然，谁的美梦被打扰了都会不高兴的。

可瞧来瞧去，老爷爷也没看见有人。

“咚咚咚。”

“咚咚咚。”

敲桌子的声音又怯怯地响了起来。

“谁在捣蛋哪！”老爷爷很生气地大声吼道，他吃力的把身体探过巨大的桌子。

桌子跟前，一个哭得满脸眼泪鼻涕的小男孩正使劲仰着头看着他，个头还没桌子高呢。

“老爷爷，我的影子丢了，您能帮我找找吗？”小男孩抹了一把眼泪，瘪了瘪嘴带着哭腔说道。

二

这里就是曾经鼎鼎大名的“影子收容所”！一个政府开办的公益性机构。

为了跟上时代的进步，人们走路的速度也比以前快多了，影子总是在地上磕磕绊绊的，一不留神，就落下了。

环卫工人每天清扫垃圾的时候就顺便把丢失的影子收集起来，送到这里，等主人来认领。

刚开始人们还觉着，没有影子的人看起来可真别扭啊！于是，丢影子的人都十分积极地来认领，“影子收容所”简直是门庭若市。

可慢慢地，上门的人越来越少，到现在，已经好几年无人踏足了，或许人们压根已经忘掉了还有这么一个地方。

想想也是，影子有什么用啊！

长得灰不溜秋不说，还笨得要命，什么也不会。没听说过谁的影子极具歌唱天赋，或者口才出众老是当众演讲的嘛！所以，要不要有什么关系呢？而且，影子成天都脏兮兮地趴在地上，和主人的声望、仪态相去甚远。

“简直就太丢人了！”一位美丽非凡的女演员就这样狠狠斥责过她的影子。

但也不是所有的人都这样想的！就像，那些还没有变成大人的小孩子，在他们心里，影子是最好的伙伴。

大人总是那么奇怪，即使得到了10克拉的钻石，他们的高兴也及不上拥有一个玻璃球的孩子的快乐多。

三

老爷爷惊讶地瞪大眼睛看着小男孩，他已经很久很久没有被人打扰过了。

看着有些奇怪的老爷爷，小男孩一害怕，在眼眶里转悠了半天的眼泪就开始“啪哒啪哒”往下掉。

“怎么把影子丢了呢？”老爷爷轻声问道。大概是心里有些内疚，老爷爷从口袋里掏出一块皱巴巴的手绢递给小男孩。

小男孩怯怯地看了老爷爷一眼，鼓起勇气抽抽搭搭地开始说：

“我叫阿利，唔，下午的时候，妈妈让我去小卖铺买一包白糖，我走到一个巷子口，一只大狗冲过来追我，我就使劲跑，后来摔了一跤，后来影子就丢了，我找了一下午都没找到，一个大哥哥告诉我，到这来找您。”

说着说着，小男孩又忍不住哽咽起来：“老爷……爷，您……

帮我……找找……影……子好……吗？”

小男孩抬起头，恳切地望着老爷爷。从他玻璃一样透明的眼神里，老爷爷可以一直看到他心里塞得满满的焦急和难过。

一阵温暖湿润的风拂过老爷爷的心里，暖暖的，柔柔的，洋溢着花香缓缓流散开来。

“还有人需要影子呢，那我的工作还是有意义的吧！”

找回了很久很久以前熟悉的感觉，老爷爷不觉微笑起来，刚才还凶巴巴的脸上露出暖暖的、柔柔的、洋溢着花香的笑容。

“能，当然能！”老爷爷轻柔又肯定地回答。

小男孩忐忑的心情稍稍平静了一些，他忽然觉得不那么害怕老爷爷了，还打心眼里崇拜起这个看上去有点凶神恶煞的老爷爷来。

四

“嘀嘀……”

汽车喇叭声从胡同口远远传来，瞪着两个圆溜溜大眼睛的环卫车，从巷子的那一头飞快地冲了过来，刚好在“影子收容所”的门前“嗤”的一声吐了口气，停了下来了。

绿色的车门打开，两个穿着环卫工人制服的小青年一边伸着懒腰一边走下车来。

“让您久等了啊！”其中一位脸蛋红扑扑的小青年老远就跟老爷爷打了个招呼。

“没事没事。”

老爷爷摆着手从门里走出来，皱着眉头往车里张望。

“今天有多少啊？仓库里头怕是快放不下了。”

“唉，您说这影子压根都没人要，咱们这么辛苦把它们捡回来干嘛呢！”另一个眼睛大大的小青年忍不住抱怨道，忽地又发出一声惊呼，“这是谁呀！”

在他们说话的时候，小男孩已经迫不及待地冲到了车门前。

车厢里黑乎乎的，什么也看不见。

“影子，阿利的影子，”小

男孩趴在车门口，轻轻地呼唤着，“阿利的影子，你在这里吗？”

影子们静悄悄地没有什么反应。

“心急的小家伙！”老爷爷轻轻地拍拍小男孩的脑袋，扭开了车里的灯。

亮堂堂的灯光倾泻下来，狭小的车厢里一阵骚动。

“唉呀。”

“哎哟。”

在黑暗中呆久了的影子们纷纷用手捂住眼睛，不住地哼哼唧唧，互相推搡起来。

那么多的影子，乱七八糟地挤成了一团。

最底下压得像张撕开的包装袋，挤在中间的皱成了一块抹布，还有靠在角落里的拧得像根麻花。

所有的影子都无精打采地耷拉着脑袋，沮丧极了。

老爷爷伸手提起一个影子，影子只是抬了抬眼皮，身体有气无力地往下垂着，老爷爷一松手，他又软不拉叽地溜到了地上。

可怜的影子们。

他们早就听说过“影子收容所”了。从被

拾到“影子收容车”上开始，他们就清楚地知道自己今后的命运：永远都不会有人来把他们领回去了。

小男孩怔怔地看着这些影子，一些难过在他小小的心里蠕动起来。

五

要从影子堆里找出一个小男孩的影子来，可不是一件容易的事。

像两张胶布一样紧紧粘到一块的影子要把他们一点点地撕开。好几个缠到一起的影子，把他们分开以后还要抚平展开。

早已等不及了的小男孩一头扎进了影子堆里。红脸蛋、大眼睛和特意带上了老花镜的老爷爷也都帮着他在影子堆里仔细地翻起来。

“太胖，嗯，不是。”

“这个太大了，不是。”

“戴眼镜的，也不是。”

“……”

月亮升到半天高的时候，车里的影子终于只剩下寥寥几个了，可是小男孩的影子却仍不见踪影。

“我们仔细清扫过街道了，不可能有影子被落下了啊！”红脸蛋不解地挠挠头。

“要不，我们跟别的影子打听打听啊，兴许有谁见到过呢！”大眼睛一拍脑袋，大声地说道。

难过从小男孩的心里爬着爬着，爬上了他的眼睛，变成了水汪汪的眼泪。但是一听到大眼睛的提议，小男孩立即擦擦眼泪，使劲点了点头。

影子原本都是善良又单纯的，但和主人相处久了，就难免沾染一些主人的习气。

比如红脸蛋现在拿起的一个局长的影子，就总是要端着一副局长的派头。

红脸蛋很客气地问道：“请问你见过一个小男孩丢失的影子吗？”

局长的影子立刻很生气地摇起头来。

红脸蛋一头雾水，不知道怎么得罪它了，等要把它放下吧，它突然又很生气地拍拍桌子，再点点头。

红脸蛋简直就弄糊涂了，猜了半天才明白，原来它要求必须称呼它为“局长大人”才肯回答问题。

于是红脸蛋不得不把问题再问了一遍：“局长大人，您见过一个小男孩丢失的影子吗？”

局长大人的影子这才背着手，沉吟了一会，从容不迫地摇了摇头。

简直让红脸蛋哭笑不得。

老爷爷问到的两个影子就更让人生气了！

一个生意人模样的影子，刚听老爷爷说完，就面无表情地向老爷爷伸出了五根手指，老爷爷疑惑地问“五号路？”，影子不屑地瞪了老爷爷一眼，熟稔地比划了一个数钱的动作。

气得老爷爷一时半会都没说出话来。

更让人气愤的是一个贵妇人模样的影子，老爷爷问它话的时候，它一会儿拢拢头发，一会儿吹吹指甲，很不耐烦的样子。

待老爷爷说完，它却又突然好像想起了什么似的，手舞足蹈地对老爷爷比划起来，“被风吹走了，要不就是被大狗吞到肚子里了，再不就是掉进下水道不知道被冲到哪去了。”

一边比划，一边自己笑得前仰后合，一脸的幸灾乐祸，气得老爷爷一把把他们都扔到了墙角。

所有的影子都仔细问过了，也没打听出个所以然来。

小男孩沮丧地靠在车门旁，灯光穿过他小小的手指，手掌挡住的地方，照样亮亮的，没有影子。

忽然一个凉凉的、湿乎乎的东西在他手边蹭了一下，小男孩猛地打了个哆嗦。阴影里，一只小狗的影子微微扬起头，伸出小舌头舔着小男孩的手掌。

“你也被粗心的主人丢了吗？”小男孩轻轻地抱起小狗的影子，搂得紧紧的，轻声地安慰它，“别害怕，我一定帮你找到你的主人。”

红脸蛋偷偷的和大眼睛咬了一会儿耳朵，大眼睛微笑着点了点头，大声宣布道：

“现在请大家上车，我们立刻出发，去找阿利的影子，和那只丢了影子的小狗！”

六

夜晚像往常一样的安静，只是稍嫌有点太明亮了。满天的星星，眼睛瞪得亮亮的，一眨都不眨。月亮一点也不像平日里那么温柔，明晃晃得耀眼。路灯简直就要点着了似的，发出团团炙热的白光。

车缓慢地经过街道。

突然，小狗的影子在小男孩怀里不安分地扭动起来，咬着小男孩的衣服拼命地往窗外拉扯。

车灯光落在远远的街角，有一只孤零零的小狗站在街角的路灯旁，低着头，一动不动地盯着身下的地面，路灯把它身边每一个地方都照得亮亮的，没有影子。

“停车！”小男孩急急地叫到。

七

看着直冲自己跑过来的小男孩，小狗后退两步紧紧挨着路灯，不安地抬起头，影子已经迫不及待地从小男孩怀里探出了脑袋。

“呜。”

小狗欢蹦乱跳地冲了上来，和影子牢牢地粘在了一起。

看着小狗和它的影子，小男孩心里变得暖洋洋起来，带着花香的柔柔的风似乎从老爷爷那流淌到了小男孩这里，风里面，还隐约有细细的虫鸣。

小男孩忍不住去侧耳倾听，远远地，若有若无，似乎又不是虫鸣。再一细听，好像是低低的呜咽声，小男孩心里一动，朝着声音的方向拼命跑去。

穿过大街，拐过一个又一个的小巷子，小男孩循着声音的方向，使劲地跑着，全然听不到老爷爷他们在身后的呼喊。

跑着跑着，小男孩忽然发现，自己已经回到了家门口的小巷子里下午丢失影子的地方。

小男孩停下来，竖起耳朵静静地听着，呜咽声明明就从这里传出来的，现在，又突然听不到了。四周的墙壁、屋檐、小路和路边的一棵大树，都再熟悉不过了，可影子并不在这里。

小男孩怔怔地站着，眼睛里噙满了泪水。

大树茂密的枝叶洒落下满地斑驳的树影，黑乎乎像一群怪兽的影子。没有风，满地的树影

忽然“扑簌簌”地一阵响动。

小男孩打了个寒颤，满地的树影都好像变成了故事里最狰狞的形象。抬头看看月亮，小男孩深吸一口气，毅然地朝鬼魅般的树影走去。

他用力拨开凌乱的树枝，光“哗”一下涌了进来。一个小小的灰不溜秋的影子蜷在树底下，带着满脸的泪痕，仰头望着小男孩，微笑着比划双手说：“阿利，我一直在等你。”

八

夜晚明亮的光透过影子单薄的身体，让它看起来竟有一些透明和轻盈，像图画里那些迎着光即将飞向天空的天使。

“我的影子！”小男孩一下扑上前去，紧紧抱住自己的影子，放声大哭起来，“我再也不会把你丢了。”

影子一边轻轻地拍着小男孩安慰他，一边也忍不住啜泣起来。

待到老爷爷和红脸蛋、大眼睛气喘吁吁赶到的时候，小男孩已经把影子轻轻抚平，牢牢地和自己粘在一起了。他俩坐在地上，热火朝天地说着今天发生的事，简直就像一对分开了多年的好朋友，有说不完的话。

影子手舞足蹈地向小男孩描述他今天的惊险的遭遇，小男孩眼睛瞪得大大的，一会儿惊呼，一会儿不住地称赞：

“啊，那只大狗还咬你了！那你现在还疼吗？”

“你被吹到电线杆上是怎么下来的呢？”

“你求小狗把你背回来的啊，你真聪明！”

所有的光亮都渐渐暗了下去，夜晚又恢复了往常的幽静和柔和。只是夜空中忽然有一缕缕带着花香的柔柔的风，轻轻地拂过每一个醒着或是睡梦中的人，拂过他们醒着或睡着的影子。

红脸蛋、大眼睛还有老爷爷，都深深地吸了一口气，不自觉地微笑着看看自己脚下的影子。影子微笑着，站在脚下，在任何时候。

胡琴里的秋天
The Golden Autumn

色彩斑斓的童话

一

一片叶子悠悠地落了下来，落在心里，厚厚重重的，小夜甚至听到了叶子落下去的时候“啪”的一声响动。

小夜是个不快乐的孩子啊!

“小夜，你能不能不要再哭了？”

妈妈也总是很无奈地对小夜这样说，可小夜的眼睛里就像藏了口井，眼泪总是汩汩地流个不停。

“总有那么多不快乐的事啊！”

小夜眼泪汪汪地回答妈妈。

是啊，为什么总有那么多不快乐的事呢？最好最好的朋友要搬到很远的地方去了，远得对小夜来说就像是另一个世界了；阿姨送的那件花格子的大衣，小得再也穿不上了，它是真的很漂亮啊；那些男生总跟在她后面笑她是爱哭鬼，还偷偷扯掉她头发上的橡皮筋；还有妈妈说，小夜，你要做个坚强的孩子啊，有一天爷爷奶奶也好，爸爸妈妈也好，都会离开啊……

所有这些不快乐的事都落下来，落到心底，变成了厚厚的落叶。风一吹，落叶就满心里飘飘忽忽的，还能听到些窸窸窣窣的响动。有时候走着走着，眼泪就要滚下来了。

“小夜，猫咪过几天就会自己回来了！”

妈妈愁眉苦脸地看着小夜，拿她一点办法都没有。

“它已经走了好多天了啊，万一，万一它跑到马路上……”

小夜说到这，眼睛瞪得圆溜溜的，害怕得瑟瑟发起抖来，简直不敢再往下想了。那么可爱的一只白色小猫呢！丢了快一个星期了，小夜几乎逢人就眼泪汪汪地问，“你见过我的猫吗，白色的小猫咪，左边耳朵是黄色的……”

“小夜，该去上学了！”

妈妈叹了口气，催着小夜。

是啊，即使是这样，也不能不去上学啊。小夜只好抹抹眼泪，顶着肿成两颗大核桃的眼睛走出门。哎，那些讨厌的男孩子又该跟在她后头叫她爱哭鬼了。

二

小夜低着头，落寞地坐在车站的长椅上等公车。忽然，有胡琴的声音悠悠地传了过来，小夜听着就皱起了眉头。

不知打什么时候起，就有胡琴的声音“咿咿呀呀”地在这响起。曲调明明很熟悉，却又没人能说得上来是个什么曲子。

拉琴的是个年轻小伙子，穿着清清爽爽的蓝棉布衬衫，始终低着头沉浸在自己的琴声里，从来没见他停下来休息会儿，也从来不跟人说话，他戴着一副墨镜，是个盲人。

有的人说，拉得真好啊！听着听着，就好像看到了一片又高又远的天空，蓝得像一面湖水挂在天上；地上，是一片铺展到天边的金色草地，远远地，金色草地卷起又高又大的浪涛，竟把天边也渲染成透着金黄色的蓝了；风里面隐约还夹杂着零星的落叶，一片，两片，缓缓地向天边飞去，慢慢地，落叶铺天盖地地落下来，就像下起了落叶的暴风雪。

多美的琴声啊！

路过的人，总是要忍不住停下来，听上那么一会儿。

可小夜一点也不喜欢。一听到胡琴的声音，心里就会刮起一阵狂风，把心里的那些落叶卷得七零八落。

三

远远地，公车鸣着喇叭一路冲进站来。等车的人都赶忙站了起来，走到站牌底下去。小夜也急急地站了起来，挤在人堆里向站牌走去，走到拉琴的年轻小伙子身边的时候，小夜忍不住捂住了耳朵。

“你心里的落叶太厚了，”琴声停了，年轻小伙子忽然抬起头冲着小夜微微一笑，轻轻地说，“这样可不好！”

“心里的落叶，你怎么会知道？”

小夜停下来，愣愣地看着拉琴的小伙子，疑惑地问。

年轻小伙子却好像没有听到小夜的问话，低下头自言自语起来：“每个人都会遇到不快乐的事吧，总把它们都留在心里可不好。听到胡琴声音的时候，就应该让它们都飞走，飞到长满阳光的草原去，等到它们在那里消失了，心里就会重新变得亮堂堂的。秋天嘛，不就该是无忧无虑的嘛！”

“长满阳光的草原，无忧无虑的秋天？”小夜惊异地瞪大了眼睛，瞧着年轻的小伙子，忽然觉得他有些影影绰绰地熟悉起来，一说起秋天，还真觉得他的笑容里，有着秋天又辽远又干净的天空的味道，“一定在哪儿见过的吧！”

“落叶就是太厚了啊，老堆在我心里！”

小夜迟疑了一下，咬着嘴唇，有点害羞地说。

“那就在心里种一株阳光草吧，”年轻的小伙子歪着脑袋想了想，“种下了，慢慢地，心里就会长出一片阳光的草原了，那以后，心里就会总是暖暖和和的，再遇到什么不快乐的事也没什么关系了，就会觉得，没什么大不了的啊，很快就会过去了。”

四

“种一株阳光草吧……”

声音低低地传来，小夜竟有些恍惚起来，像是从她心里透出来的声音，伴着胡琴那悠远又干净的曲调。

零零星星的落叶夹杂在曲调里，拂过小夜的头发，舒展着，远远飞去。说不出来是风，还是琴声，在小夜身边优柔地回旋。小夜抬起头，伸出手轻轻地接住一片叶子。

“这些也是什么人的不快乐的事吧！”

小夜正想着，胡琴的曲调声忽然急了起来。转眼之间，铺天盖地的落叶涌了过来，“扑啦啦”地打在小夜的身上。

小夜一个踉跄，身体还没站稳，“喵”，她突然听见一声猫咪的叫唤，睁开眼睛，一只小白猫窜进了满天满眼的落叶之中。

“咪咪！”

小夜大声地叫喊着，风涌过来，猎猎作响的树叶淹没了小夜的声音。

小夜的眼泪涌出来，追着猫咪的身影狂奔起来。

狂风卷着落叶从每一个方向卷过来，扑过去。小夜艰难地走着，心

里的落叶也跟着胡琴急促的曲调回旋着，飘摇着，满心里乱撞。落叶就像猛烈的暴风雪，团团围住了小夜。一下子，所有那些不快乐的事全都清晰地涌了上来。

不能呼吸了啊！小夜大口大口地喘气也不管用了。

“这么不快乐啊，为什么这么的不快乐？”小夜忍不住拼命尖叫起来。

大颗大颗的眼泪夺眶而出……

五

四周安静了下来。没有风，不，也许有轻轻的风，轻得像猫咪的脚步。啊，猫咪呢？小夜恍恍惚惚地抬起头，已经没有了猫咪的踪迹，可刹那间，麦芒般耀眼的金色让她不自禁地捂住了眼睛。

一步踏出去，却踩空了，“呀……”小夜惊慌地大叫着，跌在了软软的棉花堆一样的东西里。

小夜睁开了眼睛，完全惊呆了。

金色的阳光，像九月的麦芒，一簇一簇，从地里长了出来，蔓延到遥远的天边。它们从皮肤上掠过，温温热热的，轻柔得若有若无。小夜忍不住把手掌伸进阳光草丛里。摊开手掌，一缕一缕细细的阳光就从手指间穿过去；并拢了手指，它们就像金色的裙带从手掌边绕过去。好玩极了！

小夜快乐地站起来，拨开阳光草丛，蹦蹦跳跳地走着。天空真像倒挂的蓝色湖面啊，蓝得近乎透明。

小夜开心地笑起来，忽然想起了什么似的摸摸胸口，为什么心忽然变得和天空一样辽阔起来了呢，轻柔的风吹着，心里积下的那些落叶呢？

一片透明的落叶悠悠地从小夜的眼前飘过。小夜惊奇地仔细朝四下里张望。许许多多的落叶正飘在空中，在金色的阳光里慢慢地变得如水滴一般透明，剩下了细细的叶脉和叶杆，最后消失得无影无踪了。

小夜调皮地伸出手指去触碰一个变得透明的叶杆，“叭”！透明的叶杆清脆地裂开，不见了踪影。

“哎……”

小夜冲着远远的随风起伏的金色波浪，大声地叫喊起来。

“哎……”

回声居然从四面八方涌了过来，听起来，充满着秋天的无忧无虑。

“呵呵哈哈……”

小夜忍不住笑起来，心底就好像被挠得痒痒的，“呼啦”一下，温热起来。

“啊，那是阳光草长出来了吧！”小夜惊喜地跳了起来，“以后再遇见不快乐的事，都会觉得，没什么大不了的，很快都会过去的啊！”

胡琴的声音高高地在天空里划过，像掠过草原上空的鹰，小夜的心里，也低低地响起了同样的旋律，说不上来名字，但是听着却那么熟悉呢！

“是秋天！”

哦，小夜想起来了，是秋天的声音哪，每年秋天，风里不都是响着同样的旋律嘛！

“是啊，秋天这就来了呢！”

一个老伯伯低沉的声音在小夜的耳边响起来。小夜猛然抬起头，自己居然仍好好地站在公交车的站牌下呢。

老伯伯冲小夜笑着问道：“小朋友，上不上车？”

小夜点点头，蹦上了公车。公车的门缓缓地合上了，小夜突然惊异地发现，“咿……”，胡琴的一个音符响起，大树上就有一片叶子轻悠悠地落下来，“呀……”，下一个音符响起，又有一片叶子飘飘忽忽地没入草丛。原来胡琴的每一个音符响起，就会有一片叶子落下，就像排演过的完美无缺的表演那么刚刚好。

“秋天来了，我发现了秋天的秘密啊！”

小夜快乐地想。

风筝的小花朵

The Flower Belong to Me

色彩斑斓的童话

一

风筝默默地坐在树枝上，月光透过他蓝色单薄的身体，照着他长长的飘飘悠悠的黄色尾巴。

“我什么也没有，”他抬起忧伤的眼睛望着月亮，看起来有满肚子的心事，“哪怕是一朵花，一片云，一道彩虹。你看，虽然你每天都来跟我说话，但是你却不属于我，连一缕月光都不属于。”

说着，他趴在树枝上放声大哭起来，泪水涌出来，打湿了他纸糊的蓝色身体。

风筝和平时好像有些不大一样，他的情绪似乎从来没有这么低落过呢！

尽管他只是住在一个鸟窝里，这个破破旧旧的鸟窝被遗弃在一棵老树上了，但是即使那些被装饰得像彩虹一样漂亮、被

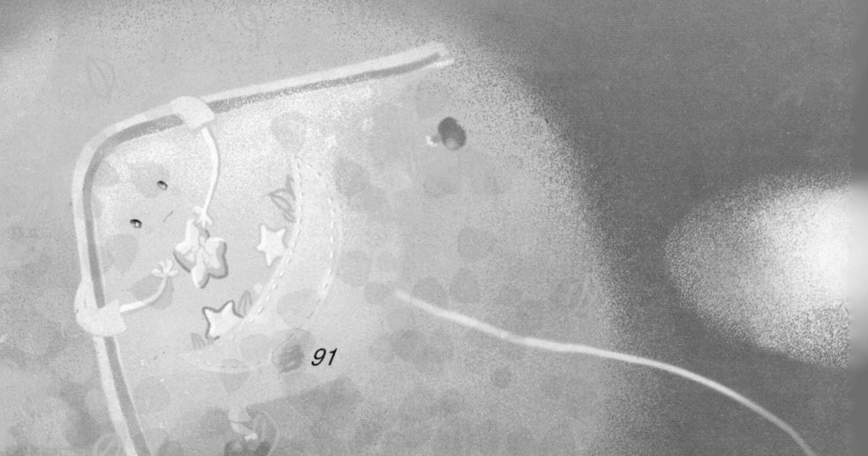

一根闪闪发光的金线系着的风筝也远没有他这么快乐。

他每天拖着长长的尾巴满天飞来飞去。有时候他蹑手蹑脚地悄悄地挨近风，突然一下子跳到风的背上，风吼叫着狂奔起来，恼怒地上蹿下跳，他却稳稳地抓着风的耳朵，高兴得哈哈大笑。有时候，两团很久没有碰面的云朵正在亲热地说着话，风筝磨磨蹭蹭地挤到它们身边，一下子鼓起腮帮子把两团云朵吹得翻着跟斗一个飘到东边一个飘到西边。

但不管怎么样，他就是一个最无忧无虑的风筝，从来也没想过什么会掉眼泪的心事。

“我是一个最勇敢的风筝！”

当他一个人呆在漆黑的没有一丝光亮的森林里，听着让人毛骨悚然的狼嚎坠入安静的梦乡的时候，他总是这么骄傲地对自己说。虽然最开始的时候他也有些害怕，但是他很快就忘掉了这些事实，好像他一出生就这么勇敢，不，一扎出来就这么勇敢似的。

“没有一样是只属于我的东西，连那个鸟窝，都随时有可能被要回去……”风筝伤心地看着花园里挺立着纤细的腰肢、把花瓣整理得一丝不乱的美丽的花朵，哭得哽咽了起来，简直就认定自己是天底下最最不幸福的人，“那些花说得对，她们才不会喜欢我……”

二

“你怎么了？”

一个娇娇柔柔的声音在树底下响起来，要不是风筝耳朵尖，几乎就听不到了。

“你是谁？”

风筝止住了哭，好奇地低下头往树下看，却什么也没有看到。

“我在这儿呢！”

娇弱的声音又响了起来，风筝瞪大了眼睛仔仔细细地在树底下寻找着，终于看到了一株一点也不起眼的小植物。

“你没有颜色！”

风筝惊异地说。

小植物点点头，她看着风筝的眼神就跟她的藤蔓和叶子一样，清澈得近乎透明，连一丝颜色都没有，不管是绿色、蓝色或者是什么别的颜色。

“你的颜色呢？你是病了吗？你会像她们

一样开花吗？”

风筝一脸的诧异，他觉得这真是一件不可思议的事情，花儿没有颜色，简直就像鸟儿没有翅膀一样不可思议！

“我不知道，也许吧，我一长出来就没有颜色，但是从来没觉得有哪儿不对劲，连感冒也没有过。开花嘛，也许吧，你看我的叶子，有点像蔷薇，又有点像蝴蝶花，我自己也搞不清楚了。你呢，你为什么哭？”

“我想要一朵花！”风筝迟疑了一下，有些不好意思地说，“我在家很孤单，我想有一朵花在家里会好一点！”

“哦，是这样。”小植物歪着脑袋想了想，看着风筝说，“假如我开花的话，倒是可以给你一朵！”

“你真的会吗？”

风筝欣喜地看着小植物。

“可是也许没有花朵也说不定呢！”小植物顿了顿，轻轻地说，“只有当有人想要花儿为他开的时候，花朵才会长出来啊。”

风筝快乐地微笑起来，用期盼的眼神看着小植物说：“我想要你开花！”

三

当第一丝光亮绕过枝枝杈杈的树林，落到风筝的鸟巢里时，风筝就迫不及待地飞出了窝。他打了个唿哨划过天空，看见了满天红色的朝霞也没有去捉弄她们，要在平时，他一定会把她们团成一团，扔到海里去。

他像个有些羞涩的小男孩那样微笑着，径直落在花园的篱笆上。

满花园的花朵都才刚刚睁开惺忪的睡眼，正忙不迭地梳理着有些乱糟糟的花瓣，她们总要打扮得整整齐齐了才能见人，很介意自己不美好的样子被人撞见。

“你这个讨厌鬼，我们说了不会喜欢你的！”

所以她们一睁开眼睛，突然看到风筝，不免要大惊失色，不免会很生气，可是马上她们就尴尬起来，因为风筝看都没有看她们一眼，而是用爱慕的眼神在跟那朵连颜色也没有的小植物打招呼。

她们立即叽叽喳喳地议论起来：

“连颜色也没有，还能叫花朵吗？”

“谁知道她能不能开花呢？”

“长得蔷薇不像蔷薇，蝴蝶花不像蝴蝶花的，说不定是个骗子！”

但是她们再怎么议论都是没有用的，风筝微笑着，欢快地大声对着小植物说着“早上好”，她们忽然就默不作声了，每一朵花都在心里偷偷羡慕着。

“早上好！”

小植物甜蜜地微笑着，阳光穿过她纤细的枝蔓和柔软的叶子，把她笼罩在一层淡淡的金色里。露珠在叶瓣上轻轻地滚动着，她的笑脸就和露珠一样清澈晶莹。

“你能为我开花了吗？”

风筝满心期待地看着小植物。

小植物一眨不眨地凝视着风筝的眼睛，过了好半晌，悠悠地叹了口气。在风筝那一眼就能望到底的清澈的眼睛里，只有小植物模模糊糊的影子，模糊得甚至都看不清她到底长了几片叶子。

“你并没有真心地想要我为你开花，那样的花朵又有什么意义呢？”

小植物失望地低下头，难过地说。

“什么……是真心？”

风筝迟疑了一会，疑惑地问。

“很多人的心都被一层厚厚的、硬梆梆的壳包得紧紧的，但是心里面又空荡荡地什么都没有，你走不进我的心里，我也走不进你的心里。如果是这样，即使我开花了，对你来说也仅仅只是一朵蔷薇或是别的什么，就像这花园里的任何一朵花，我不能从你的眼睛里看到我的影子，你也闻不到我为你准备的特别的芬芳，即使你凝视着我，也仍然还是觉得孤独。但是如果你能把真心给我，硬梆梆的壳就会变得柔软了，于是心里就满满地装着我的声音、我的样子，每当我微笑的时候，你就能闻到心底里透出来的很甜蜜很芬芳的味道。你知道，当一朵花从一个人清澈的眼睛里看到了她自己最美丽的样子，那她就是世界上最幸福的一朵花了！”小植物说着说着，激动地抽泣起来，“但是，已经没有人有真心了！”

四

风筝简直羞愧得抬不起头来，他默默地从篱笆上飞起来，飞回到老树上的鸟巢里，没精打采地趴了下来。

“什么是真心？”他有点茫然，想来想去都不明白，“它藏在心里吗？”

风筝闭上眼睛，仔细地听着心里的声音，那里真的空荡荡的，安静极了，就像没有月亮的晚上，黑洞洞的没有光亮。风筝没有听到真心的声音。

看着趴在窝里一动不动的风筝，满天的云朵诧异极了，大白天还这么安静的风筝，可是他们从来也没有见过的啊！少了风筝，天空都变得闷闷的了。

“风筝你怎么了？”

一团云朵飘过来关切地问。

“你知道什么是真心吗？”

风筝仰起头，一脸的苦恼。

“真心？”云朵搜肠刮肚地想了半天，很得意地说，“兴许就是礼物吧！”

“真心就是礼物？”风筝疑惑地自言自语着，“那我该给她送什么样的真心呢？”

“我知道了！”风筝“噌”地一声从鸟巢里蹦了起来，连翻了两个跟斗，兴奋地大叫起来说，“我要为她找到颜色，去彩虹那儿找到最好看的颜色。”

“你要知道，没有颜色的花朵就和没有翅膀的鸟儿一样不幸！”

风筝又轻轻地补充了一句。

五

“可是，听说那很危险！”

云朵有些害怕地说。

“我要找到真心送给小植物！”

风筝一边大声地说着，一边高高地飘了起来，他打了个唿哨，像一颗流星般朝天的那一边飞去。

远远地，白色的雾气喷涌过来，风筝看着气势汹汹的雪山打了个寒战。雪山像一群凶狠的白色犀牛，跺着脚，发出低低的咆哮，从鼻孔里喷出能把人立即就结成冰的白色雾气，还舞动着它们头顶上闪着寒光的尖角，那些尖角再高一些就要扎破天空了，要是在尖角锋利的边缘轻轻一碰，像石头一样坚硬的身体也会一下就被划断。

一团冰冷的白色雾气喷涌过来，风筝被吹得打了好几个转，尾巴上立刻结上了一层白白的霜花。

风筝心里有些害怕起来。

他看了看雪山挥舞着犀牛般的尖角，再望了望白色雪山背后，远远的天边挂着的彩虹，又坚定地朝着白色的雪山飞过去。

“我要找到真心送给小植物。”

他轻轻地对自己说着。

忽然，风筝的心里有些异样起来，就像是一株爬山虎长出触须，长出叶子，在心里爬满了，把空荡荡的心填得满满的。好像听到每一片叶子都像铃铛般摇晃起来，发出小植物那样轻轻的笑声。想着小植物可爱的小模样，风筝满心里都饱满了起来，他快乐地往前飞着，躲避开雪山犀牛般锋利的尖角。

刚把凶狠的雪山甩到背后，风筝还没停下来喘口气，无数混浊的风又怒吼着朝风筝猛扑过来，差点把他纸糊的蓝色身体撕成了碎片。他抬头一看，一个巨大的风的旋涡在急剧地旋转着，数不清的风肩并着肩，手挽着手，唱起一支怒吼般的歌，挥舞着石磨一般大的头颅跳着最难看的舞蹈。他们是一群飓风，每一个飓风的脖子上都挂着骷髅做的项链，用铜铃大的眼睛恶狠狠地瞪着风筝。

风筝毫不畏惧地跳上一个飓风的背，抓着他的双角，骑着他从飓风群的中间穿了过去。

一张密布闪电的网出现在风筝眼前，闪出银晃晃的光。每一道闪电都像银色的蛇一般张开大嘴，露出尖利的牙齿，在天空里穿梭游走着。有时候两道闪电互相撞到了，就会毫不留情地扑过去，咬对方一口。“嗤嗤”作响的火花不断地从闪电的银色大口中冒出来，带着成串的火星掉落在空中，谁要是不小心沾上一点，就会被烧得像木炭一样焦黑。

风筝时快时慢地左躲右闪，灵活又沉着地躲避开火星，穿过了闪电的网。

“咚”，一个巨大的铁锤般的雷声又挨着风筝的翅膀狠狠地敲下来，落在地上，砸出一个深不见底的大坑。乌云的后面，布排着密密麻麻的铁锤，发出黑黝黝的光泽，“咚”，“咚”，“咚”，它们轮番着使出全身的劲，往地上狠狠地砸下去。

风筝瞅准了雷声的空隙，毫不犹豫地穿了过去。

六

天空光滑平静得像一面玻璃的镜子，风筝看着天空里自己的影子，忍不住想伸出手去轻轻地触摸。四下里安静了下来，没有风，也没有云朵，柔和的阳光从天空洒下来，轻轻地包裹着风筝。

彩虹悠然地停在空中。那是一群安静的孔雀，每一只孔雀长长的羽翎都发出绚丽灿烂的光芒，赤、橙、黄、绿、青、蓝、紫，它们一动不动地停在空中，时而用宝石一般的眼睛看一眼风筝，时而发出低得几乎听不到的叫声，"咕咕"。

"悄悄地拔下一根羽翎就行了吧，"风筝屏住呼吸，蹑手蹑脚地靠近孔雀，一边在心里盘算着，"小植物会更喜欢哪种颜色呢？"

蓝色的孔雀，和风筝蓝色的身体一样的颜色呢，只是比风筝纸糊的身体耀眼多了，闪耀出绚烂的光芒。风筝轻轻地伸出长长的尾巴，想卷住蓝孔雀的一根羽翎。刚一碰到蓝孔雀，"哗"，五颜六色的孔雀张开艳丽的翅膀，四下里惊散开去。镜子一般的天空里，映出孔雀们灿烂的身影，一时之间，耀眼的光芒流动起来，满天满眼都是炫目的颜色，风筝看得眼花缭乱起来，忍不住捂住了眼睛。

孔雀拍动着翅膀，“扑啦啦”地消失在天空里，只一瞬间，一点踪迹都看不到了。

风筝愕然地看着空荡荡的天空，沮丧极了。

他没精打采地往回飞去。穿过雷声的大铁锤时，他险些被铁锤砸进深坑；穿过闪电的网时，他差点被火星烧成了木炭；好不容易躲开了火星，又差点被飓风撕成了碎片；穿过雪山群的时候，又险些被它们的尖角划断了骨架。

因为他一直都心不在焉的，想起小植物失望的眼神，他就觉得羞愧。

“我还是没有真心！”

风筝飞着飞着，低低地抽泣起来。

七

风筝默默地落在篱笆上，他低着头，像一个犯了错误的小孩子。

“我没找到‘真心’……”

他眼睛红红的，哽咽着对小植物说。

风筝的眼睛里，就像他曾去过的彩虹的天空，光滑平静得

像一面玻璃的镜子，小植物的身影清晰地映出来，每一片叶子的叶脉都显得清清楚楚。

“你已经给我真心了！”

小植物甜蜜地微笑着。一枚小小的透明花苞从她枝蔓的顶端，一点一点地长了出来。风筝瞪大了眼睛，又紧张又诧异地看着。花苞长得不像蔷薇，也不像蝴蝶花，要比她们好看多了。

“啪！”

花开了，透明的小花瓣一层一层地打开，娇嫩得像天鹅的羽毛。阳光流转着，透过层层的花瓣，一道彩虹慢慢地从小植物的枝蔓里晕染开来，赤橙黄绿青蓝紫，每一片花瓣的颜色都不一样，每一片花瓣都闪耀出炫目的光芒。

鸽子花园
The Memory Gardon

色彩斑斓的童话

我有一个鸽子花园的故事，可能我会讲得有点啰嗦。那是因为我有些老了。老了，才会有很多回忆，才会忘记，而且忘记了也不知道有没有忘记。忘记到底是一件好还是不好的事情？很难说。记性好的时候，我们觉得能忘掉是一件莫大的快乐。记性不好的时候，我们忽然什么都想记住。

又啰嗦了，我们还是听故事吧。故事要从大雾的那天讲起。

一

早晨。

雾铺展开来，浓浓密密的，像环环相扣着的古老谜语。大楼、电线杆、汽车，悄然隐没在雾里，没有留下一点痕迹，好像它们从来就没有在那存在过。

大雾也会蔓延到脑袋里吧！我忽然觉得记忆里也布满了这样的谜语，一些在记忆里存在过的什么人都被这些谜语严严实实地遮盖起来了。凭着感觉，我知道它们存在过，就像我现在经过的路边的大楼，虽然看不见，我总知道它是在那儿的。

我猜测自己并不是失忆。虽然我总是在幻想里把失忆的情节安排在自己身上,但我既没有被歹徒用棍棒偷袭了后脑勺,也没有被汽车撞得飞起来,更没有从二楼以上的地方摔到地上。电视剧里从来没有演过脑袋遭受大雾侵袭而导致失忆的故事，连电视剧编导都觉得这种事情太难以置信了。

我现在的感觉怎么样呢？嗯，好像说不大清楚。有点恐慌，又有点焦虑。我好像只是遗忘了很久远以前的某些人，说不定这些人我曾经是愿意记住一辈子的。愿意记住一辈子的人遗忘了，而在心里赌咒发誓要忘掉的一些人却还像路口的红绿灯那么清楚。真遗憾呀!

不知道大雾过后会不会好一点。

二

“啪哒啪哒啪哒……”

脚步声由远及近，一个灰色的人影朝我迎面撞来，我连忙侧身一闪，差点摔倒。灰色的人影伸手扶了我一把，又匆匆离去。

我靠墙站住了，想等大雾散开再走。

衣角被轻轻地扯了一下。扭转头，一个小人儿就在我的旁边站着，穿着一件鲜亮的水红色的外套，个头刚到我的腰。

“阿姨，刚刚过去的叔叔是你忘掉的人哪！”

软软的、糯糯的小女孩的声音。

“是吗？你怎么知道的？”

我心里有点忐忑，难道我看起来真的那么像一个失忆的人吗？

“有鸽子在咕咕咕咕地叫啊！”

小女孩努力地学了两声鸽子叫。

“鸽子叫？鸽子从哪里来的呢？”

“鸽子花园啊！”

三

“鸽子花园？”

我一点都听不明白小女孩的话，完全被弄糊涂了。

“从记忆里满出来的人啊，他们都会慢慢地变成鸽子，飞去鸽子花园。变成了鸽子飞走以后，这个人就被忘掉了。在路上碰见的时候，或者遇到了一样和他有关的东西，鸽子都会咕咕地叫起来。”

“那鸽子飞去了花园，我还能想起这个人吗？”

“想不起来了！”小女孩有一些沮丧，“鸽子都只能在鸽子花园呀！那里很远。”

“这么说，你去过鸽子花园？”

“去过啊！”

故事从这里真正开始了。

我并不能清晰地知道这样一个故事的意义，但是我想讲出来，因为我们每天都在忘记和被忘记、舍得忘记和不舍得忘记中。

如果有一天我们在路上，遇见一些似乎并不相识的人，如果我们同时还隐约听见遥远的地方传来鸽子“咕咕”的叫声，我们就会知道，啊，这个人曾经在我的记忆里，现在仍然在鸽子花园里。那样的话，忘记也就不是真的忘记了吧。

四

清晨新鲜的阳光掀起一角窗帘，落在小女孩熟睡的脸上。每天，小女孩都在这个时候欢呼着醒来，但是今天她睡过了一点点，所以发生了一些事情。

扑棱棱的一阵响动，一个白色的轻盈的影子拍打着翅膀，从小女孩的脑袋里挣脱出来，越窗而去。

“咯噔！”

小女孩的心里像掉落了一个石头，刹那间睁开眼睛醒了过来。一醒来，小女孩立即就明白发生了一件事情：她忘记了一个人。脑袋里有一个小小的记忆像被涂改液抹过了一样，留下一个小小的空白。

“太可怕了！”

小女孩还从来没有忘掉过什么。第一次遗忘总是让人非常害怕，因为每一件事情发生的时候都是那样生动新鲜，让人以为它会永远这样新鲜下去。

小女孩立即想起了一本她看过的有彩色插图的故事书，书里讲到了一个有关“忘掉”的故事。她迫不及待地跳下床去翻开那本书，找到了一个叫“鸽子花园”的故事。然后，她就明白了，记忆里的一个人变成了鸽子，飞去了鸽子花园。

“穿过令人恐惧的幽暗的黑森林，眼前出现了一片碧绿柔软的草地，草地上生长着成片的野玫瑰树，树上落满了鸽子……”

小女孩用手指按着书页上的句子，把每个字都大声地念了出来，并且马上在心里做了一个决定，她要去鸽子花园，把忘掉的那个人找回来。

彩色插画里把黑森林里各种恐怖的情景画得很详尽，但是

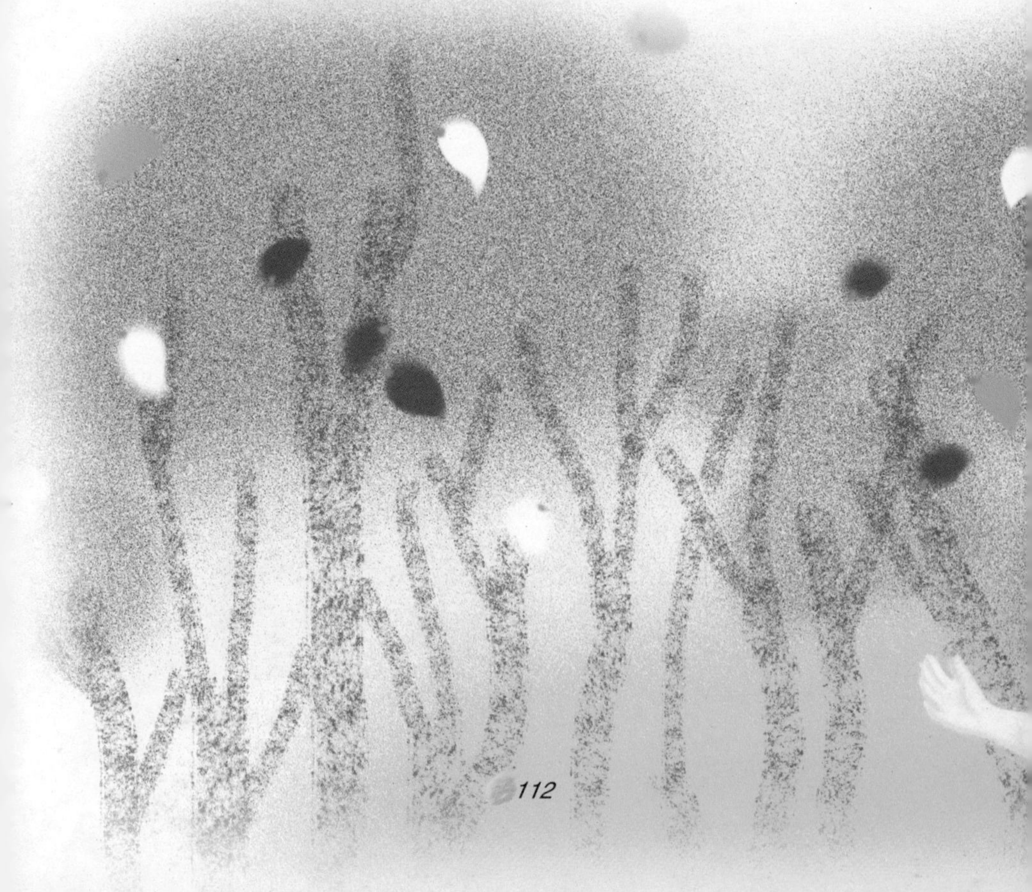

却没有说明通往黑森林的道路。

小女孩严肃地皱起眉头开始思考，就像一个大人那样。从开始遗忘，就算是大人了吧。

“大衣柜！”

脑袋里灵光一闪，小女孩突然就想到了去黑森林的路了。妈

妈房间里的大衣柜，她曾经在自己跟自己捉迷藏的时候，躲到过里面一次，黑漆漆的像黑森林一般吓人，把耳朵贴在衣柜的木板壁上，还能隐约听到阴冷、狰狞的声音。那里应该可以通往黑森林吧！

“黑色大树的枝叶密不透风地纠结在一起，因此月光一点也照不进森林……”

读到这里，小女孩觉得，还应该带上一个灯笼。她有一个很好的灯笼，是在夏天的时候，用月亮的影子做的，一到晚上，

就能发出月亮一样柔媚的光芒。在这里，我忍不住想打个岔儿介绍一下月亮灯笼的做法，这真是一件很有趣的事。

在满月的那天晚上蜓这样月光会比较亮，打一盆水放在月亮下面，等着月亮的倒影落进了水里，赶紧用东西把盆子捂住。要成功逮住月亮的影子可不是那么容易的事情。月亮总是会很警惕地盯着你，看你是不是要偷取它的影子，一旦看见你想要捂住盆子，它就迅速溜走。如果影子被成功留在了盆子里，月亮就会气呼呼地离开。然后你就可以把盆子搬进屋里，捞出月亮的影子把它挂起来晾干。晾干了的月亮影子就像一片薄薄的黄玫瑰花瓣，拴上绳子和手把，就是一盏很好的灯笼了。

五

小女孩说行动就行动。她提上灯笼，小心翼翼地打开了大衣柜的门。“吱呀”，一股冷冷的风从衣柜里吹出来，吹得她打了个寒颤。

小女孩犹豫了一下,看了看手里的月亮灯笼，又毅然跨进了衣柜。

风似乎是从衣柜后背的木板缝里吹出来的，小女孩举起手，“咚咚咚”，轻轻地叩了三下大衣柜后背的木板，木板呆呆地没什么反应。也许还要念点咒语吧，小女孩想。

“黑森林，请开门。”

小女孩对着木板轻轻地念道，搜肠刮肚她也只想出了这一句。

“唰”，衣柜的木板突然间真的消失不见了，黑暗的风瞬间涌出，措手不及的小女孩被卷进了森林。

黑乎乎森林就在眼前。

这里果然和书里画的一模一样。黑色的高大的树木盘根错节，把天空遮盖得密不透风。黑暗的风低低地狞笑着，在树木之间回旋涌动；黑黝黝的大石怪躲藏在树的背后，露出忽明忽暗的眼睛；滑腻腻的青苔在树丛间游走，有时候它们以为自己是蛇，会咬人一口。

“呜……”

风挪动着巨大的笨拙的身躯，咆哮着朝小女孩扑来。小女孩慌忙举起月亮的灯笼，一点柔柔的亮光就渗进了风的眼睛。

“啊！”

风惨叫一声，黑暗的眼睛里冒出一股白烟，留下了两个明晃晃的白点。

惊魂未定的小女孩一步一步踩着松软的土地，小心翼翼地往前走着。忽然，一股冰凉的感觉顺着小腿肚蔓延上来。

“啊！”

小女孩尖叫一声，拿着月亮灯笼一照，一块绿油油的青苔正缠绕着她的小腿往上蠕动。青苔扬起头，看看小女孩手里灯笼，忽然张开松软的大嘴，一口往小女孩胖胖的小腿肚上咬下去。

“哇！”

小女孩慌不迭地拍打起膝盖来，又三下两下赶紧爬上了树叉，紧紧地抱住了大树。泪珠从她惊恐的眼睛里涌出来，沿着玫瑰色的脸颊滚落，但她不敢伸手去擦，数不清的青苔正从四面八方游动过来，小女孩紧张地注视着脚下，不停地挥动着月亮灯笼，灯笼靠近的地方，青苔便缓缓退开。

一根细细的黑线悄悄缠绕住小女孩的手臂，一圈一圈，越勒越紧。待到小女孩察觉的时候，她已经被牢牢地绑在了树上，不能动弹。

“嘿嘿嘿嘿！”

粗大的树干遮住了月亮灯笼的光亮，黑暗里，大石怪狞笑着，一丝连绵不断的黑线般的口水从它的嘴里滑落出来，绕住小女孩的手臂。

“哈哈哈哈！”

“呵呵呵呵！”

各种狰狞的笑声从森林的深处同时响了起来。一点、两点、三点，黑暗里越来越多的忽明忽暗的眼睛亮了起来。

青苔蠕动着从小女孩的腿、后背、手臂爬上来，爬满了小女孩的身体。黑暗的风把它肥胖的身躯塞进树枝间的空隙里，伴着凄厉的叫声把尖利的手指缓缓伸向小女孩的脖子。

但是，大家要知道，记忆是没有伤害的。即使你以为它有，也只是你以为。更何况，只是早被遗忘的记忆罢了。

“你们是没有力量的，这不是什么黑森林，这只是一条通往记忆的路！”

小女孩突然想起了书里的话，愤怒的吼叫声从她猛烈起伏的胸膛里发了出来。

青苔纷纷掉落，落到地上，像一块真正的青苔那样不动了。风突然在空中凝固，“嘎嘎”的响声从它巨大的身体里发出来，大大小小的裂缝在它身上蔓延，终于裂成无数细碎的黑色小卵石砸进泥土里。

大石怪露出石头原本嶙峋的形状，忽明忽暗的眼神黯淡了下去，直至彻底没入黑暗，黑线似的口水松开了小女孩的手臂，冒着白烟蒸发不见。

顿时，森林里静止了下来。

小女孩打着颤，惊恐地望着森林的变化。在她的身后，一道刺目的亮光从树的缝隙中渗透下来。

“咕咕。”

“咕咕。”

此起彼伏的鸽子叫声欢快地响起来。

小女孩三步并两步地奔跑起来，欢快地跃出森林。

“碧绿柔软的草地上，生长着成片的野玫瑰树，每株树上都落着黑色、白色或灰色的鸽子，如同盛开的玫瑰……”

小女孩目不转睛地望着眼前的鸽子花园，轻声念出书里的描述。有鸽子飞起，盘旋过天空又落下。小女孩缓慢地从玫瑰树前走过，扬起头仔细打量树上的每一只鸽子。走着走着，她迷惑起来，鸽子除了颜色略有不同，几乎都一模一样，根本无从分辨。

小女孩茫然地在一棵玫瑰树旁停了下来，一只深灰色的鸽子安静地停在树枝上，歪着脖子用乌黑的眼睛定定地打量小女孩。

“是你吗？”

小女孩看着鸽子，觉得有些模模糊糊的熟悉感，她轻轻伸出手去抚摸鸽子像水面般闪亮的羽毛。指尖刚触及鸽子，鸽子立即扑楞楞地拍打着翅膀，飞了起来。

“啊，你不是。”

小女孩有些失落，一转念，玫瑰色的脸庞又重新绽放出光彩。

“我知道了！”

小女孩大声地说道。

她跳跃着走向另一株玫瑰树，一只正在树枝上梳理羽毛的浅灰色鸽子，她轻轻伸出手臂，指尖一碰到羽毛，鸽子便拍打着翅膀飞走了。

“你也不是！”

小女孩吐了吐舌头。

花园里忽然热闹了起来，鸽子纷纷从玫瑰树上飞起，在玫瑰林上空来回穿梭。我猜想，这个时候，会不会有很多人突然觉得有些心情不定，感觉脑袋里一个古老的谜语忽然露出了谜底的一个小角，却还是看不清它。

在一株还很青翠的、带着露珠的野玫瑰树上，落着一只雪白的鸽子。它的眼睛里泛出些像小女孩脸庞一样的玫瑰色。小女孩朝它伸出手的时候，它抬起头，冲着小女孩说“咕咕”，还跳上了她的肩膀。

记忆一下子又回到了小女孩的脑海中。像舞台的幕布被拉开，像黑暗的房间点亮了灯，总之，是一刹那的事情，被忘掉的那个人回到了小女孩的记忆中。那是一个小男孩。

“你看，小泥鳅！”

正午的阳光落在他黝黑的脊背上，他欢叫着把糊满黑泥的手伸到小女孩面前，一条小泥鳅“噼里啪啦”地在他手心里蹦着，溅得他和小女孩满脸都是黑黑的小泥点。

“你可不能再飞走了呀！”

小女孩拍拍肩膀上的鸽子，满意地微笑起来。她一边哼着歌，一边往来时的路走去。

穿越黑乎乎森林，小女孩心里仍然有些忐忑，但听着鸽子“咕咕”的叫声，她就勇敢起来，昂首挺胸地走了过去。当她一脚跨进衣柜，踩在木板上，才觉得松了一口气。

小女孩站在衣柜里，转过身看着黑森林浓重的黑暗像烟雾一样慢慢地消散。她想，下一次我还能不能这么勇敢呢？

“咕咕！”

鸽子的叫声忽然微弱起来。

小女孩扭过头，看着肩上的鸽子在黑暗中发出灼灼的光。在光影里，鸽子的身体渐渐变成一个若有若无的白色的影子。在黑森林最后一道黑暗消失之前，鸽子终于变成一个淡淡的白影，冲进了黑暗之中。

小女孩怅然若失地伸出手，触摸到大衣柜真实的木板，一点点光从衣柜的门缝里透进来。

小女孩忽然觉得衣柜里有点挤，于是她打开柜门走了出来，“吱呀”，衣柜门开的时候，她突然明白了，不管你愿不愿意、忘掉的总归回不来了。

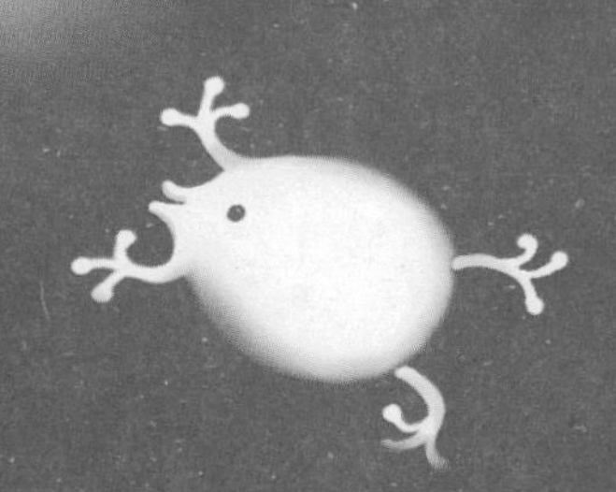

噩梦心事

The Nightmare’s Dream

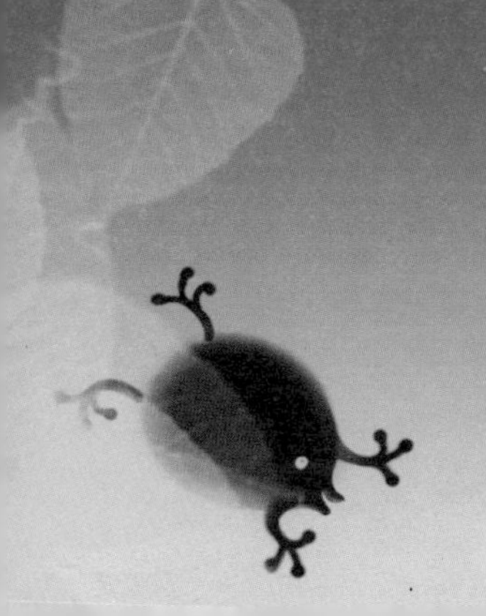

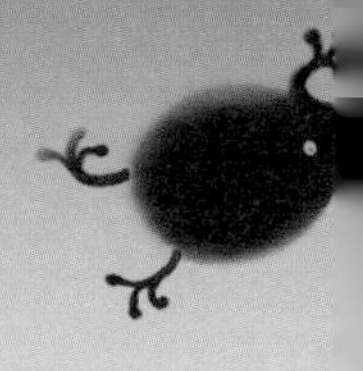

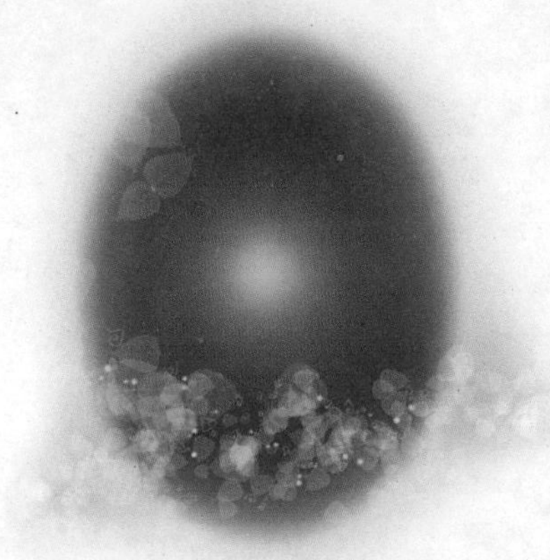

色彩斑斓的童话

一

看着这个家伙哭的样子，让人心都要碎掉了。

像是遭遇了从未有过的伤心事，他一边走一边抹着眼泪，宽大的肩膀剧烈地抖动着，原本柔亮的眼睛此刻暗淡得像随时就要熄灭的炭火，泪水涌出来，沿着疙疙瘩瘩的漆黑的脸颊滚落，掉进他怀里的漂亮瓶子里。

哭了一会儿，他用手把怀里的瓶子举到靠近光亮的地方，抽泣着瞧着瓶子里那只绿色的像热带鱼一样美丽的小心事。小心事歪着脑袋看着他，吐出了一个大泡泡。他把手指放进瓶子，小心事立即游过来，轻轻啄着他的手指肚，痒痒的，麻麻的。

“呵呵，哈哈。”

他忍不住低声笑了起来，脸上还挂满了泪珠。

唉，他分明只是一个孤独的小孩子，哪里像一个让人想着就害怕的噩梦呢。可是没有人喜欢他，没有人愿意和他做朋友。他一个人住在很深的梦里边的沼泽地，可连沼泽地里的癞蛤蟆和蛇都会对他说：“走开，你这个讨厌的噩梦！”

他多想要一个朋友啊！这不，他偶然听到说，只要愿意互相交换心事，就可以成为很好很好的朋友，他就把自己的小心事装在一个很漂亮的瓶子里，然后溜出来，到处跟人交换心事。

可是他立刻就被一个妈妈赶出来了。

“咚咚咚。”

那天他把衣服拉拉整齐，很有礼貌地敲开那个梦的门。那是一个多可爱的梦啊，“这个孩子的心事一定会很有趣”，噩梦满心欢喜地想着。可是门一开，一个妈妈就张牙舞爪地挥舞着鸡毛掸子赶他，还恶狠狠地警告说：“你要敢再来，看我不打断你的腿！”

吓得噩梦三步并两步地跑开去，跑着跑着，他的步子慢下来，眼泪就滚下来了，他不仅是个孤独的小噩梦，还是一个敏感的小噩梦。

幸好噩梦跟所有的小孩子一样的单

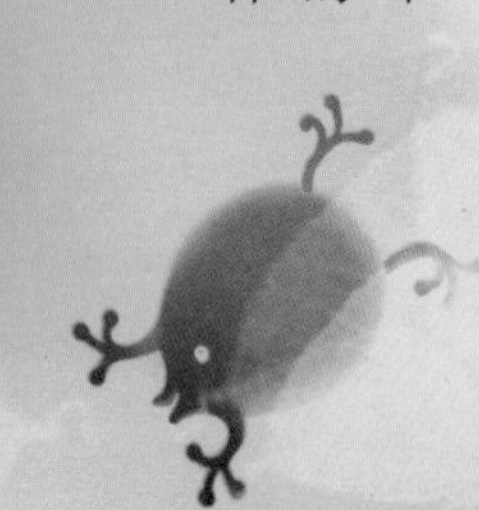

纯，难过一会儿，他就把这些不愉快的遭遇忘得干干净净了，一点痕迹都不留，然后满心欢喜地再去找下一个朋友。

二

漆黑的梦的原野上，散落着星星点点的梦境，像一个个巨大的透明蝉蛹。每一个梦里，都是一个迥异的天地。

噩梦趴在外头，看着一个梦里头灿烂的花园。好大的一个花园呢，到处长满了一种美丽的小东西，红的像鸡冠花，绿的像孔雀毛，蓝的像湖水。噩梦见过它的，那些十七八岁的孩子的梦里都有好多好多这种美丽的小东西。它们长着软软的刺，有时候很温顺，有时候会扎人，有时候不知为什么就一下子枯萎了。多奇怪的小东西。

花园的中央蹲着一个年轻女孩，她在用一个小铁锹松泥土，埋进一颗种子，再细细地拍上泥土，认真的样子就像再没有什么比这更重要了。她一会微笑，一会皱眉，有时候还叹气，全然没有注意到有人悄悄地走进了她的梦里。

“你好！”

噩梦推开门走进来，忐忑地打了个招呼。

女孩恍然抬起头，惊异地睁大了眼睛看着噩梦巨大的身影。

“你好！”噩梦很灿烂地笑起来，用期盼的眼神看着女孩，“你愿意跟我交换心事吗？”

他红色的眼睛里闪着柔亮的光，好像透明的玻璃珠子，女孩的身影和花园里美丽的小刺球都清晰地倒映在里面，美丽得像一个童话里才有的地方。

女孩目不转睛地注视着噩梦的眼睛，甜蜜而又有一点恍惚地微笑起来。噩梦的眼睛里，她的身影奔跑起来，向远处一个模糊的人影快乐地跑去，五颜六色的光芒笼罩着她，越来越耀眼，越来越近，似乎一伸手，她就可以走进光芒里。

“叮。”

一点光芒跳跃着落进女孩的眼睛，女孩一眨眼，噩梦的眼睛里忽然出现了熊熊的火焰，火焰吞没了她刚才看到的一切，只剩下焦枯的花园，和烧成黑炭的小东西。

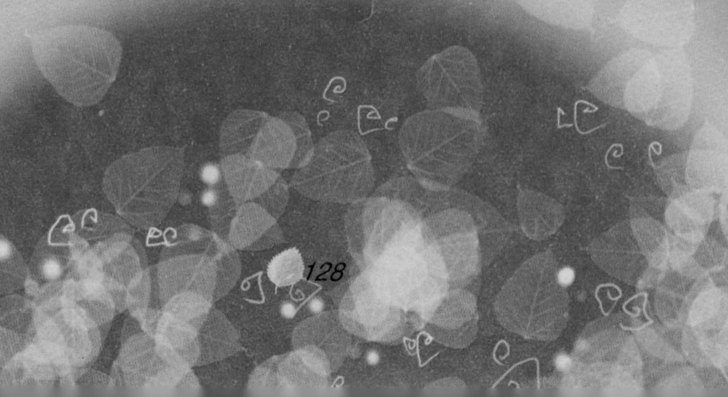

“啊！”

女孩踉跄着往后退去，捂着眼睛凄厉地尖叫起来，似乎噩梦眼睛里的火焰已经扑到了她的身上。

不知所措的噩梦惊惧地看着女孩，转身仓皇地跑出了她的梦。装在瓶子里的心事跟着他急速的脚步晃荡晃荡着，颠起来又落下去。

三

有一些梦里的光亮熄灭了，有一些才亮了起来。噩梦逛荡了很久，终于又鼓起勇气走进了一个梦。

“哇！”

他惊异地看着这个梦，发出一声惊叹。

华丽的城堡像树一样密布着，向上疯长，墙上雕刻着用金箔镶嵌的精致的花纹。交错纠结的城堡遮住了天空，没有一丝阳光能泄漏下来，只有幽暗闪烁的烛光照出城堡与城堡之间勉强能挤过一个人的弯弯曲曲的通道。

“住在这个城堡里的人，应该有很多心事才对吧！”

噩梦一边顺着幽暗的通道往里走，一边暗自窃喜。

这个城堡森林可真大啊，噩梦走了很久很久，走得又累又渴，却连一个人影都没有见到。他忍不住推开一扇大门，想进去坐一坐。“吱呀”，门怕是很久没有人推开了吧，灰尘立即扑簌簌地洒落下来，呛得噩梦不住地打喷嚏。

明晃晃的烛光从推开的门里倾泻出来。

“哇！”

噩梦再一次惊叹起来，一个灯火通明的大厅里，镂花的吊灯从高得看不见的屋顶上垂下来，静静地挂在大厅的中央，大厅里到处都是精致的桌椅和华丽的摆设。

噩梦忍不住伸手去触摸墙上那些栩栩如生的大理石浮雕，突然一个有气无力的声音从高高的楼梯上飘了下来。

“小心别碰坏了我的东西！”

噩梦吓得赶紧缩回了手，伸长了脖子才看到一个老爷爷颤颤巍巍地从楼梯上一步一步挪下来。

“您好，您愿意和我交换心事吗？”

噩梦大声地问道。

老爷爷走了好一会儿，才走下楼梯。他看见噩梦亮闪闪的红眼睛里面也有一个一模一样的大厅，一个看起来似乎更加气派和辉煌的大厅，一个老人正站在大厅的中央，恭敬的仆人捧着各种各样的珍宝排着队穿过老人的身边。

“啊，让我进去！”

老人跌跌撞撞地向噩梦扑过来，忽然，噩梦眼睛里的大厅地板下，数不清的城堡从里面疯狂地长出来，它们扭曲交杂着向上生长，挤碎了大理石的墙壁和镂花的吊灯，彩色的玻璃从高高的空中碎下来，“轰隆”一下，所有的一切在挤压中轰然倒塌，扬起满天的尘土。

“不……”

老人凄厉地尖叫着，布满皱纹的面孔扭曲着，露出狰狞的表情。

噩梦呆呆地看着老爷爷，后退了两步，害怕地转身跑出了这个梦。

四

一屁股坐到地上，噩梦有点沮丧了，这是怎么一回事呢，他真想不明白！

又一个梦在他的不远处点亮了。

“咯咯咯……”

隐隐约约的笑声从梦里传来，在寂静的梦里，听起来像铃铛一样清脆，噩梦忍不住趴在梦的外面张望起来。

是个游乐场呢！噩梦看着那个把秋千荡得老高的孩子，也忍不住笑了起来。

他犹豫了一会，鼓起勇气走到门口，轻轻推开了门。

“哎哟！”

才迈进去一步，噩梦的耳朵忽然就被揪住了。他斜着脑袋一看，一个妈妈揪着他的耳朵，眼睛正恶狠狠地瞪着他。

还没等他说出话来，噩梦已经被扔到了门外。门“砰”地一声关上，妈妈厌恶地说：“走开，你这个坏东西！”

装着心事的瓶子从噩梦的手上掉下来，裂开了，瓶子里的水汩汩地渗进泥土，绿色的像热带鱼一样美丽的小心事在地上“啪哒啪哒”地蹦着。

“你这个坏东西！”

噩梦把小心事捧在手心里，眼泪大颗大颗地滚下来。

五

坐在小溪边，噩梦摊开手掌，他的小心事欢快地窜进了水里。小溪里，聚集着许多从梦里游来的心事，那些悲伤的心事像大海龟一样静静地趴在水底，快乐的心事调皮地高高跃起，“哗啦啦”地溅起水

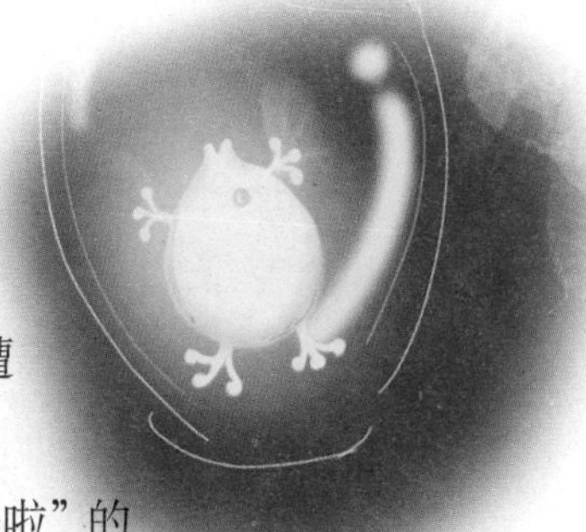

花。

一些五颜六色的小心事在他的手指间窜来窜去，噩梦忍不住大声地笑起来，似乎已经完全忘掉了不久以前让他那么难过的遭遇。

河边的树林子里忽然响起一阵“唏哩哗啦”的声音，惊得河里的小心事四下逃窜。草丛里，钻出来一个小男孩。他看看这个一点也不熟悉的地方，再看看模样奇怪的噩梦，不由自主地向后退了两步，脸上充满了惊慌的神色。

噩梦惊异地转过还挂着泪痕的脸，看到小男孩害怕地往后退了一步，没错，是一个小男孩，穿着被树枝划破了的蓝色小睡衣，乌亮的短发紧紧贴在额头上，弯弯的眼睛像两枚小月牙，怯怯地站在他面前。

噩梦欣喜地瞪大了眼睛，期盼地望着小男孩，磕磕巴巴地说：“我不是……坏东西……我们能……做个……朋友吗？”

他红色的眼睛里，清晰地映出小男孩的模样，有点天真有点害羞。小男孩迎着噩梦的眼神愣了一会儿，可是这次噩梦的眼睛里平静得就像一泓湖水，什么也没有发生。

噩梦忍不住想站起来走到小男孩身边去，但一想到可能会冒冒失失地吓坏了人家，就又缩回了挪出去的脚。但这一次，却真的什么恐怖的事情也没有发生。

这到底是怎么一回事儿呢？噩梦也给弄糊涂了，可他现在可没空想这回事。一直到很久很久以后，小噩梦变成了老噩梦的时候，他才明白，或许，恐怖并不是噩梦带来的，只是害怕的人在噩梦透明的眼睛里看见了自己被放大的心底的恐惧吧。

惊慌的神色渐渐从小男孩脸上褪去，“嗯！”他使劲点了点头。

“哈哈哈……”喜悦的光芒从噩梦黯淡的脸上绽放出来，他一下子蹦了起来，连连翻起了跟斗，“噢，我有朋友了！哈哈……”

噩梦把手伸进河里，小心翼翼地拢着双手捧到小男孩面前。那只像热带鱼一样美丽的绿色小心事在他黑色的大手掌里游动着。

“你有心事吗？”噩梦顿了顿，有点害羞地说，“你愿意跟我交换心事吗？”

小男孩又使劲点了点头，忽然又气呼呼地鼓起了腮帮子：“它从小溪里溜走了，我就是来找它的。”

“它肯定在这儿！”

噩梦欢快地拉起小男孩的手，跑到小溪边。

他们趴在岸边，仔细地看了一会儿，一只灰不溜秋的小泥鳅一样的小心事老大不情愿地游了过来，冲着小男孩摇头摆尾。

“就是它！”小男孩兴奋地叫起来，忽然挠挠头，有点不好意思，“我的心事没你的好看！”

噩梦冲着小男孩灿烂地笑起来，他小心翼翼的把两个小心事分别放进两个瓶子，绿色的那个递给了小男孩，灰色的紧紧地抱在怀里。

天，快亮了。

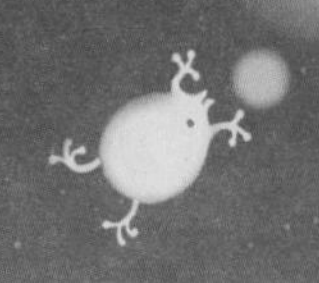

★附录：一分钟录音DIY★

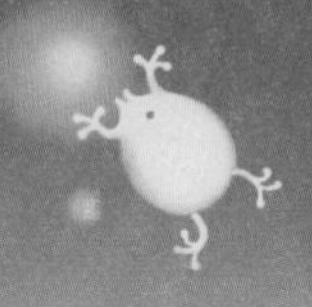

美丽的童话，适合朗读。

喜欢童话的孩子们，一定要用自己可爱的声音把喜欢的故事读给爸爸、妈妈或者好朋友听哦！这里教大家自己动手把朗读的童话配上音乐用电脑录制下来，做成一段小mp3，这就是最好最别致的“声音”礼物哟。

一、硬件设备

家用电脑一台

带耳麦的耳机一副（或者麦克风一支）

好听的音乐歌曲若干

二、软件

1　一分钟简单录音，只需要Windows系统自带的“录音机”程序就可以了。（当然，想要通过电脑录音，电脑里是需要有声卡的，一般的组装电脑或品牌电脑都会有声卡并安装好声卡的自带程序，所以这里就不详细说明这点了。）

2　如果需要更为精细地制作声音效果，则可以通过网络下载更好的录音编辑软件，如RealonePlayer等。

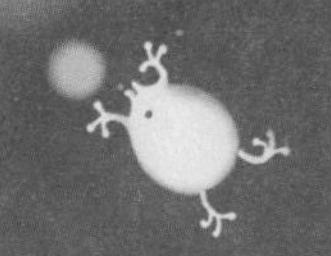

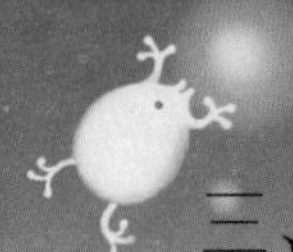

三、简单录制声音教程

1　将带有耳麦的耳机插头按照颜色分别插入电脑机箱后面的声音输入及输出口（如图一）。（如果是麦克风则将麦克风的插头插入机箱后面的声音输入接口。）

绿色插孔：声音输出，音箱的插头以及耳麦的绿色插头插入这里。

蓝色插孔：声音输入，耳麦的蓝色插头插入这里，声音通过这里输入电脑机箱。

红色插孔：声音输入，麦克风的红色插头插入这里，声音通过这里输入电脑机箱。

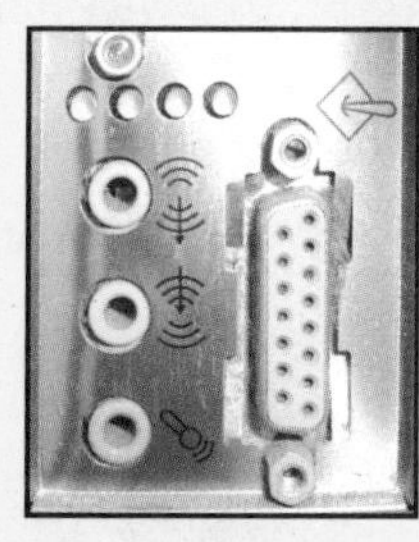

（图一）

2　双击电脑桌面右下方的“喇叭”图形，进行“音量”设置。在出现的“主音量”（如图二）界面上点击“选项”进入“属性”菜单（如图三）。

（图二）

（图三）

3 选中“录音”，在下拉选项里面选中“立体声混音”和“麦克风”，即在前面的选框中打钩（如图四）。

（图四）

4 再进入“播放”选单。在下拉选项中选中“主音量”、“波形”和“麦克风”（如图五）。

（图五）

5　按确定，“主音量”界面上出现有“主音量”、“波形”以及“麦克风”三项控制界面（如图六）。“波形”是控制电脑播放背景音乐大小的，“麦克风”是控制通过耳麦或者麦克风输入电脑的声音大小的（把“静音”前面的钩去掉），“主音量”则是控制总的录音大小的。

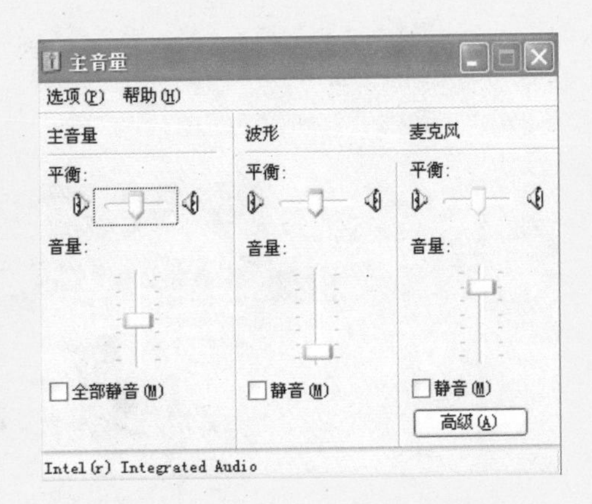

（图六）

6　打开windows media player或者winamp准备播放背景音乐（如图七）。

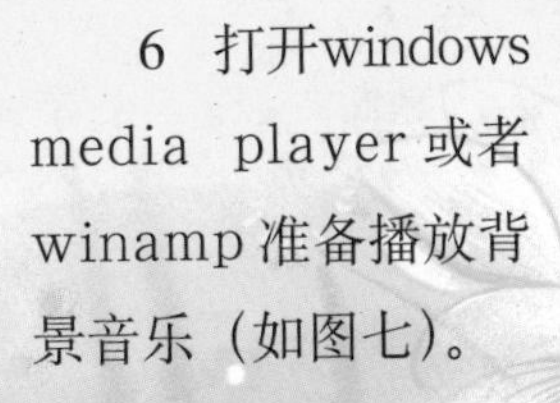

（图七）

7 点击电脑的“开始”菜单，进入“程序”－“附件”－“娱乐”－“录音机”（如图八）。

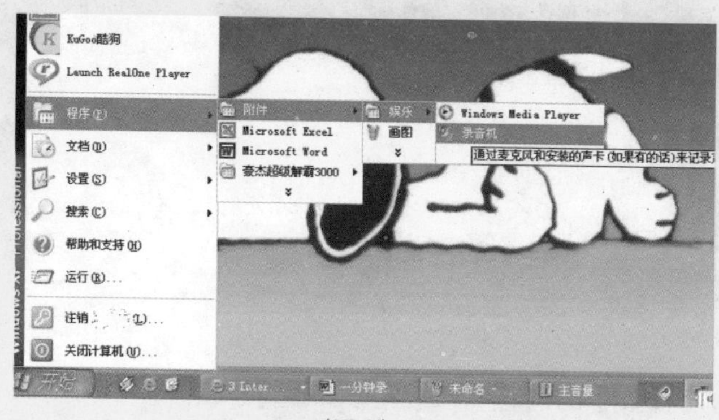

（图八）

8 点击“录音机”，出现“录音机”程序界面（如图九），按下上面的红色圆点，就可以录音了。

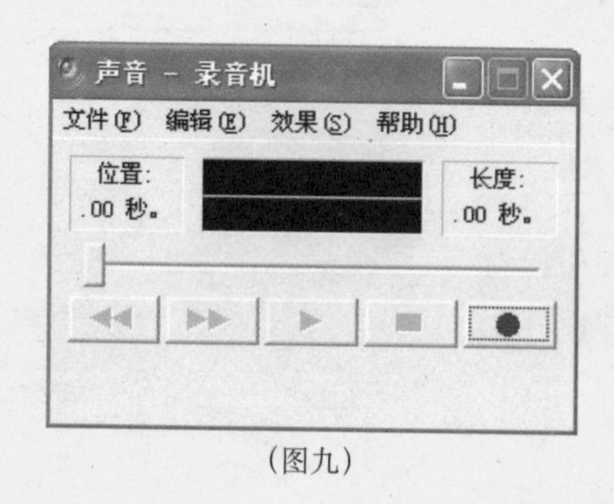

（图九）

9 朗诵过程中，背景音乐不宜过大，所以“波形”声音控制调小，“麦克风”声音调大。在点下“录音机”红色按钮之后，就可以对着耳麦或者麦克风朗诵，开始录音（如图十）

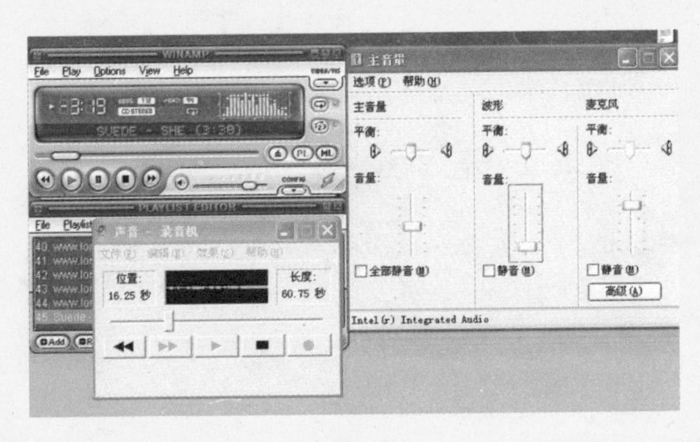

（图十）

点击黑色方块按钮，录音结束，点击“文件”－“保存”，就可以把你录制的声音保存下来了。

注 1： Windows 自带的“录音机”程序只能自动录制“60 秒”，如果要录制超过 60 秒的声音，那么记住在“录音机”显示的录制时间到达“60 秒”的那一瞬间，点击一下红色按钮，就可以继续录音下去了。

注 2：“录音机”录制保存下来的文件是“wav”波形文件，如果想要转换成 mp3 的格式，可以通过一些音频转换工具进行转换。

图书在版编目(CIP)数据

拾梦人 / 黄影婴著.

-上海：上海人民出版社,2006

ISBN 7-208-06450-4

Ⅰ. 拾... Ⅱ. 黄... Ⅲ. 童话-作品集-中国-当代

Ⅳ. I287.7

中国版本图书馆 CIP 数据核字（2006）第 084845 号

责任编辑　邬元华

装帧设计　范乐春　潘志远

插　　图　非常秀

拾 梦 人

黄影婴 著

世纪出版集团

上海人民出版社出版

(200001　上海福建中路 193 号　www.ewen.cc)

世纪出版集团发行中心发行　上海锦佳装璜印刷发展公司印刷

开本 890×1240　1/32　印张 4.75　字数 80,000

2006 年 9 月第 1 版　2006 年 9 月第 1 次印刷

印数　1—5,250

ISBN 7-208-06450-4/I·318

定价　16.00 元

幼儿园